美文馆

主编◉马国兴 吕双喜

最具领悟力的哲理美文

有温度的 词汇

YOU WENHUI DE CIHUI

每个人的人生，恰似由一篇篇小小说与美文组成，一页翻过，又是新的篇章，看似毫不相干，却又唇齿相依。

"小小说·美文馆"丛书，所选作品思想内涵、艺术品位和智慧含量兼具，在这个信息碎片化的网络时代，为您提供精良的智慧读本。

郑州大学出版社

图书在版编目(CIP)数据

最具领悟力的哲理美文·有温度的词汇/马国光,
吕双喜主编. —郑州:郑州大学出版社,2013.5(2023.3 重印)
(小小说美文馆)
ISBN 978-7-5645-1387-0

Ⅰ.①最… Ⅱ.①马…②吕… Ⅲ.①小小说-小说
集-中国-当代 Ⅳ.①I247.8

中国版本图书馆 CIP 数据核字(2013)第 044128 号

郑州大学出版社出版发行

郑州市大学路 40 号　　　　　　　　邮政编码:450052
出版人:孙保营　　　　　　　　　　发行部电话:0371-66658405
全国新华书店经销
三河市鑫鑫科达彩色印刷包装有限公司印制
开本:710 mm×1 010 mm　1/16
印张:13
字数:230 千字
版次:2013 年 5 月第 1 版　　　　　　印次:2023 年 3 月第 4 次印刷

书号:ISBN 978-7-5645-1387-0　　　定价:42.00 元

"小小说·美文馆"丛书

总策划、总主审

杨晓敏 骆玉安

编委名单

主　编　马国兴　吕双喜

编　委　（以姓氏笔画排序）

王彦艳　牛桂玲　李恩杰

步文芳　连俊超　郑兢业

梁小萍

序

杨晓敏

书来到我们手上，就好像我们去了远方。

阅读的神妙之处，在于我们能够经由文字，在现实生活之外，构筑属于自己的精神生活。透过每篇文章，读者看到的不仅是故事与人物，也能读出作者的阅历，触摸一个人的心灵世界。就像恋爱，选择一本书也需要缘分，心性相投至关重要，阅读的过程中，你会发现他与自己的不同，而你非常喜欢，也会发现他与自己的相同，以致十分感动。阅读让我们超越了世俗意义上的羁绊，人生也渐渐丰厚起来。

在这个信息碎片化的网络时代，面对浩若烟海的读物，读者难免无所适从，而阅读选本无疑是一个不错的选择。从《诗经》到《唐诗三百首》再到《唐诗别裁》，从《昭明文选》到"三言二拍"再到《古文观止》，历代学者一直注重编辑诗文选本，千淘万漉，吹沙见金。鲁迅先生说过："凡选本，往往能比所选各家的全集更流行，更有作用。册数不多，而包罗诸作。"为承续前人的优秀传统，我们编选了"小小说·美文馆"丛书。

当代中国，在生活节奏加快与高科技发展的影响下，传统的阅读与写作方式发生了深刻的变化，小小说应运而生，成为当下生活中的时尚性文体。小小说注重思想内涵的深刻和艺术品质的锻造，小中见大、纸短情长，在写作和阅读上从者甚众，无不加速文学（文化）的中产阶级的形成，不断被更大层面的受众吸纳和消化，春雨润物般地为社会进步提供着最活跃的大众智力资本的支持。由此可见，小小说的文化意义大于它的文学意义，教育意义大于它的文化意义，社会意义又大于它的教育意义。

小小说贴近生活，具有易写易发的优势。因此，大量作品散见于全国数千种报刊中，作者也多来自民间，社会底层的生活使他们的创作左右逢源。一种文体的兴盛繁荣，需要有一批批脍炙人口的经典性作品奠基支撑，需要有一茬茬代表性的作家脱颖而出。所以，仅靠文学期刊，是无法垒砌高标准的巍巍文学大厦的。我们编选"小小说·美文馆"丛书，是对人才资源和作品资源进行深加工，是新兴的小小说文体的集大成，意在进一步促进小小说文体自觉走向成熟，集中奉献出思想内容与艺术形式兼优的精品佳构，继而走进书店、走进主流读者的书柜并历久弥新，积淀成独特的文化景观，为小小说的阅读、研究和珍藏，起到推波助澜的作用。

编选"小小说·美文馆"丛书，我们选择作品的标准是思想内涵、艺术品位和智慧含量的综合体现。所谓思想内涵，是指作者赋予作品的"立意"，它反映着作者提出(观察)问题的角度、深度和批判意识，深刻或者平庸，一眼可判高下。艺术品位，是指作品在塑造人物性格，设置故事情节，营造特定环境中，通过语言、文采、技巧的有效使用，所折射出来的创意、情怀和境界。而智慧含量，则属于精密判断后的"临门一脚"，是简洁明晰的"临床一刀"，解决问题的方法、手段和质量，见此一斑。

"小小说·美文馆"丛书共计十卷，分别为《最具想象力的叙事美文·深夜里游走的路灯》《最具感染力的爱情美文·当你孤单你会想起谁》《最具欣赏性的幽默美文·能说话的那堵墙》《最具实用性的写作美文·活着的手艺》《最具领悟力的哲理美文·有温度的词汇》《最具启发性的智慧美文·领着自己回家》《最难忘的军旅美文·沉默的子弹》《最生动的动物美文·一只在夜色中穿行的猫》《最清新的自然美文·赴一场心静如菊的盛宴》《最给力的草根美文·消逝的事物》。一定意义上说，人生就是由一篇篇小小说组成的，希望"小小说·美文馆"丛书为你的阅读人生增添美妙的元素。

好书像一座灯塔，可以使我们在瞬息万变的社会不迷失自己的方向，并能在人生旅途中执着地守护心中的明灯。读书是一种积极的生活情趣，一个对未来的承诺。读书，可以使我们在人事已非的时候，自己的怀中还有一份让人感动的故事情节，静静地荡涤人世的风尘。当岁月像东去的逝水，不再有可供挥霍的青春，我们还有在书海中渐次沉淀和饱经洗练的智慧，当我们拈花微笑，于喧嚣红尘中自在地坐看云起的时候，不经意地挥一挥手，袖间，会有隐隐浮动的书香。

(杨晓敏，河南省作协副主席，郑州小小说文化传媒有限公司董事长、总编辑，《小小说选刊》《百花园》主编。)

目 录

1

3

有温度的词汇

艾苓

想起她很突然。当时我正在外地打工，每天像陀螺一样不停旋转，在闹哄哄的餐厅里慢悠悠地吃饭对我已是最大享受。那天我正独自吃着午饭，她就隔着一桌又一桌的人，隔着二十年的时间走过来了。

她是我的同学李伟的母亲，我们只是一面之缘。那次开家长会，教室来了五六十位家长，我和几个女生负责接待。但十三四岁的女孩子实在不懂得如何接待大人，只是把家长迎进来，让坐，倒水，稍有空闲便凑在一起交头接耳地播发新闻。我记着其中一条新闻是："李伟的妈妈是北京人，说话和咱们不一样，特别好听。"

我顺着她们的指点，看到一位身材高挑的女人，衣着和发式都很普通，容貌算不上漂亮，不过坐在那里就是显得与众不同。她偏偏没有说话，正在认真倾听另一位家长高谈阔论。

我们那时还不知道有个词汇叫"鹤立鸡群"，我们只是用自己的眼光和自己掌握的词汇得出一致结论——李伟的妈妈最有风度。

有一个女生倒水回来，脸颊红红的，她迫不及待地问："我倒水时你们猜李伟的妈妈说什么？"不等我们猜，她又迫不及待地告诉我们，"李伟的妈妈说：谢谢"。

我们几个人霎时间面面相觑。二十年前，在这个边远的小县城，我们当中有谁用过、听见过"谢谢"吗？没有。有谁仅仅为倒水这么点的小事说过"谢谢"吗？当然更没有。"谢谢"，是一个多么新鲜、多么温暖的词汇。

醒过神儿来，女生的倒水热情空前高涨，大家都争着抢着去拿壶。另一个女生回来报告："是呀，我听见了，李伟的妈妈说：谢谢。"这是一个面色苍白的女生，说话时变得面色红润，有些不好意思。

轮到我了,我竟有点心跳,李伟的妈妈面前水杯已满,她轻轻地说了一句:"不用了。"但我还是坚持着滴了一点儿,我清晰地听见她说:"谢谢。"我脸红着摇摇头就匆匆走开了,那时我还不会说"不客气"。

家长会后,瘦瘦高高的李伟成了女生羡慕的对象,大家都在设想,她的家庭应该怎样幸福。

后来,所有的班级都被打乱重组了,我们不再同班。

再后来,李伟一家去了威海。

二十年过去了,曾经窃窃私语的女孩子都已过了三十岁,不知道她们会不会像我这样,在异地他乡突然地想起那位仅一面之缘的同学的母亲,但我知道她们会和我一样,经常使用那个词汇。

词汇是有温度的——我后来告诉儿子。

把你交给你自己

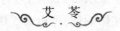

艾 苓

　　你似乎不大情愿来这个世界，预产期过了二十五天，你才姗姗来迟。出生后不哭，先睁开一只眼，助产士倒提着你拍打半天，你才象征性地哭了两声，算是宣告平安。在助产士的手里，你四肢瘦长，皮色灰黄，特像一只猴子。

　　可你不是猴子，孩子，你是作为纪念品问世的。这么说，有点荒唐，不负责任，但我不想说谎。年轻的时候，我和你爸爸很穷，最穷的两年熬过来了，是我执意要孩子，作为我们相爱的纪念，很多物品会随时间老旧，一个日渐长大的孩子却比我们的生命更长久。

　　随着你日渐长大，我看到了我的自私和愚蠢。不管多么弱小，你都是一个鲜活的生命，独一无二，任何东西附加在你身上，都太不公平。在后来的岁月，我们只是一对普通母子，我是你妈妈，你是我儿子。有时想想很可笑，我是引领你出生陪伴你长大的妈妈，如此重大决定，我却没有征求你的意见，擅作主张。如果有一天，未来世界的孩子可以选择是否出生，选择自己的父母，那一定是人类历史上的最重大发明，那对孩子们更公平。

　　孩子，你曾经是个精灵，用湿漉漉的眼睛打量世界，用灵敏的四肢触碰世界，惊喜不断，语出惊人。借助你的眼睛，我也看到了一个湿漉漉的世界，风穿着透明的鞋子，树站着睡觉，月亮是位老熟人，每次见面要打招呼。随着你日渐长大，我却日渐焦灼，我们面对的，是一个庞大的应试教育流水线，应试教育已延伸到幼儿园。

　　送你去幼儿园，本想让你和小朋友尽情游戏，那应该是另一个童话世界，老师却要求你们坐在板凳上学习a-o-e，1-2-3。换了两家幼儿园，也还是1-2-3，a-o-e，a-o-e，1-2-3，回家还要完成一定量的作业。对这种不人

道的幼儿教育,我本能拒绝,但我不能把你私藏在家,与世隔绝,我没有其他选择。三年以后,你的眼睛不再湿漉漉的。五年以后,你的鼻梁上多了眼镜。我熟悉的精灵不见了,流水线上的你,是个背大书包的小学生,流水线下的我,是个无奈的陪读妈妈。

我不是合格的陪读妈妈,不大强调分数,总想给你"减负",你的成绩忽上忽下,基本中等偏上。我看重做人,你成为阳光男孩。我强调独立,你初二就曾到小吃部干活,初中毕业后自己出门远行。随着你日渐长大,我对你的影响日渐微弱,更多的人在影响你,你也常受周围环境左右。

受周围环境左右,你开始逃脱我的视线去网吧,在网络游戏里打打杀杀。我曾问你:在家可以玩游戏,为什么还要到网吧玩? 你反问我:家里饭菜都有,你为什么还要和朋友到餐馆吃饭? 你解释:在网吧玩联机游戏,网速快,特过瘾,就像你们在餐馆聚会一样开心。你说:放心吧,我能管住自己,不会像他们总去餐馆,吃起来没完。实际上,高中三年你经常管不住自己,大家都在高考流水线上争分夺秒,你却跟"他们"在网络游戏里争分夺秒。

朋友们经常问:儿子你管得怎么样? 我说:我没管好他,我只能管好自己。我不知道该做什么,说什么,但我起码知道不该做什么,不该说什么。有人说,孩子要三分教七分等。不管有没有耐心,不管在什么节骨眼上,我都得等。

还有半年高考,你上课睡觉的时候少了。还有三个月高考,你跟我说:我发现,无论将来走哪条路,我都绕不开高考。我还是不喜欢学习,但是我得努力了。在流水线上半醒半睡十几年,你终于彻底醒了。

选择院校的时候,你选择了远方,随后选择了买硬座车票,独自报到。你已经十八岁了,应该这样。

没有依依惜别,恋恋不舍,看着你拖着大包小包进了候车室,我和你爸爸转身离开,步履飘飘。当时,我若伸开双臂,再轻轻起跳,一定可以腾空而起。把你交给你自己,我终于轻松了!

朋友说,你是我的作品,在你身上有我的影子。

如果算我的作品,你也是"半成品",我只写了一半,遗憾很多,剩余的部分你自己好好写吧。

荒

非 鱼

岛，的确是荒岛。

偶尔的闯入者看见过碗口粗的蛇吊在树上吐着长长的信子，还有猛兽。

民厌恶那个城市的遮遮掩掩和诡谲莫测，心怀鬼胎的人们时刻算计着别人和被算计，他怀着去死的决心登上了荒岛。让蛇吞了，让兽食了，总比让人折磨得不死不活要好。

民来到岛上，郁郁葱葱的森林，清浅的小溪，歌唱的小鸟，奔跑的野兽，让他欣喜若狂。

三个月过后，民觉得有点儿寂寞了。他和鸟兽尽管相处和谐，可彼此语言不通，他太需要把内心的感受告诉一个能听明白的人。于是，他下岛，说通了一个女人跟他来到荒岛，两个人的日子有了诉说和倾听。

没持续多久，诉说和倾听变得重复、无聊，而且，两个人过日子怎么可以没有孩子呢？于是，他们生了一个孩子，健壮得像一头小豹子一样的儿子。

儿子一天天长大，在森林里跑来跑去，赤身裸体，奔跑的速度像风，爬树的敏捷像猴子。民的妻很担心，孩子要变成野人了，可怎么是好？他必须得到教化。

负责教化孩子的老师被请到岛上，他耐心地教给民的儿子礼仪、知识。民的儿子渐渐失去了奔跑的能力，变得温文尔雅。到了十八岁，民的儿子提出他该结婚了，他要享受爱情。

第五个出现在岛上的，是一位善良美丽的姑娘，她和民的儿子结了婚。她带来了她的父母和弟弟，民和他的妻与两位亲家一起吃饭，聊天儿，谈论他们的儿子和女儿。

矛盾是偶尔产生的，来自那位教师。他因为那位弟弟骂了他，便恶毒地

制造了一起谎言。民和亲家大吵一架,谁也不理会谁,除了那位教师,又没有第二个中立的人来劝诫,他们整日不说话,彼此像仇人。

民觉得必须树立自己在岛上的威信。岛上的第九个公民来了,是一位公正的律师,他帮助民调解了和亲家的矛盾,并为民制定了岛上的公约。民作为岛主,拥有岛上的最高权力。监督公约执行的两名检察官来了,保证公约执行的三名士兵来了,这都是缺一不可的。

随着公约的执行,其中的漏洞越来越多,完善漏洞的同时,新的职业诞生了。民的儿子成了从城市向荒岛选拔输送人员的最佳人选,他的妻则做了他的秘书,帮助登记每天都有哪些新的职业诞生,需要多少人员来补充。

厨师、保姆、巫师、侦探、心理医生、经纪人、司机、工人、制造商、乞丐、银行家……几乎每隔两小时,就有一个新的职业诞生。民看着他手下的子民越来越多,大家天天早上向他朝拜,温顺地听他训导,实在太高兴、太满足了。

民的儿子垄断了整个岛域经济,成了岛上的经济巨头,他的钱多得无法计算,不知道怎么去花,只知道如何去挣到更多的钱。他的父亲是岛主,那么他理所当然要拥有岛上的全部资产,他不能容忍还有那么多人从他的手里挣走工资,他开设了妓院、赌场、美容院、服装店,他必须让那些人把挣走的钱再乖乖地送回来。

民每天站在岛的最高处——官邸的楼顶,看着岛上的变化,得意洋洋。这都是他的功劳啊,他是这座小岛的开拓者,是至高无上的王。

森林已经砍伐得差不多了,要造纸,要造各种各样的房子,到处需要木头,森林没了,民就命令大家种草。驱逐和猎杀,让鸟兽变得非常稀罕,民命令大家紧急建造动物园,把剩余的动物保护起来。

政变似乎一夜之间突起,有人说民老了,要他让位,说他的儿子骄奢淫逸,横行霸道,让岛上的经济处于极度混乱的状态。

尽管政变被镇压下去了,可民变得焦虑不安,他不知道那些觊觎他的权力和他儿子金钱的人藏在哪里,他们什么时候会突然再次发起政变,甚至突然枪杀他们,或者绑架他的孙子。

民的焦虑越来越重,整日忧心忡忡,疑神疑鬼。岛上最权威的医生说,民患了抑郁症,他必须到一个清静的地方休养三个月,否则,他不会活过一年。

民听取了医生的劝告,他给儿子留了一封全权委托书,要他处理岛上的一切事务。

　　民乘坐一叶小舟，在一个清晨离开了岛，他的手下已经为他寻找到了另一座荒岛，他将一个人在那里静静地调养。

　　小舟渐行渐远的时候，民回头看了看曾经的荒岛，现在，那是一座多么美丽的现代化城市啊！

桁梦

非·鱼

夏天到来时，我买了好多好多的桃子，转眼就变成一堆干干净净的桃核，乖乖地躺在阳台的一张报纸上，拨拉一下，发出清脆的响声。

这堆桃核，乖乖地躺到来年的春天，生成了我的一个桃梦，梦里有嫩绿的小芽茁壮地成长，遒劲的枝干，灿烂的桃花，硕大的桃子……这个梦整日冲撞着我的心，不能安生。

播种的时候到了，我必须把这些梦的种子埋进肥沃的土壤。我是懂得种桃过程的，应该就像在一些网络游戏里种花一样吧？播种、浇水、施肥、除草、打药，然后再浇水、施肥……每个过程都不偷懒的话，便会收获一枝美丽的花，接着才可能跑到聊天室里穷显摆，送给自己喜欢的美眉。

我带着我那一堆很乖的桃核，开始寻找适宜他们生存的地方。沿着街道指示的方向，我一直走，走，走到双脚发酸，除了马路边的绿化带，我没有看到泥土的样子，更别说肥沃不肥沃了。而那些绿化带里，已经密密匝匝种满了各种俗艳的观赏桃。

我继续朝前走，黄昏快来临时，我终于找到一个好地方：生态园林区。我掏五十块钱买了门票，看门的小丫头递给我一个塑料筐，草莓随便摘，不能采花。我解释说我不是来摘草莓的，我只是想给我很乖的一堆桃核找个安家的地方。小丫头态度很好，生态园林就是让人随便进来采摘的，你交了钱，就可以摘，但怎么可以随便种呢？我说，我要求不高，只要有土就行，将来的桃树我负责照看，不要你们管，我还可以交钱。

小丫头一听可以交钱，急忙说，你先等等。然后我看到她进了售票的小房子，开始打电话。一会，一个肚子挺起很高的男人来了，小丫头说这是我们经理。

经理伸出一双肥厚的手和我握了,然后说,有什么要求尽管提。我就说了,可等我说完,他说这里是生态园林,什么是生态你懂不?就是一切和农村的农家一样,保持原本质朴的风格,都是规划好的,一寸闲土都没有了,要不你自己找找看。

我在经理的带领下,很认真地找了一遍,生态园林里每一寸土地都种上东西,连个田边地头都不剩,都种上了向日葵。

我失望之极,拎了一筐小丫头替我采摘的草莓出来了。我转身把草莓递给了门口玩弹珠的孩子,继续朝远处走去。

城市的尽头是农村。农村就应该有土地,应该有我种桃树的地方。

最后一抹夕阳还依依不舍地拉扯着山尖的时候,我来到了一个叫黄庄的地方(路牌是这么写的)。

我对一个正在地里锄地的老伯说,我想找块地方种桃树,可以掏钱。老伯看看我,又上下打量了几个来回,他说,城里人可真会想点子,我们种的桃儿还卖不出去,你跑这儿种桃?别扯了,赶紧回去歇着吧。

我说我真想种桃树,我把桃核都带来了。我摇摇手里拎的兜子,让我很乖的桃核发出哗啦啦的声音。

老伯不耐烦地摆摆手,我这儿是没地儿,你看别人家有没。

沿着麦苗绿生生的田埂,我不死心地找,可一块挨一块的地里,不是种着麦子,就是长着果树,或者就是塑料大棚养着反季节蔬菜,然后就是一个又一个砖瓦厂。

终于在天彻底黑下来前,我看到了一大块的闲地,地里长满野草,两只倦归的牛还在悠闲漫步。我立马兴奋起来:这就是我要找的地方,这就是我的桃园,我的桃梦开始的地方。

可还没等我高兴完,一个彪形大汉过来问我干吗呢,我说我想找地儿种桃树,他像哄赶苍蝇似的晃了晃手,走,走,去别处吧,这块地我们公司征了,准备建农家乐呢。我问啥叫农家乐?他白我一眼,理都不理我,戳在那里就等我走。我走了,但我的桃梦不会轻易破灭。

我最终还是找到了适宜我的桃核生长的土壤,百二秦关终属楚啊!

土,很肥,捏一把似乎都可以出油。我小心翼翼地把我很乖的桃核一颗一颗埋进去,并用手轻轻压一压,然后慢慢浇上水。

以后的日子,我就经常面对着那块土壤,做着我丰富美丽的桃梦。然后一遍遍浇水,施肥,施肥,浇水……

但一直等到第二年秋天,我那很乖的桃核始终没有冒出一丝鹅黄嫩绿。因为,我只是把她们种进了花盆。

给我一块橡皮

❧ 非·鱼 ❧

加入到这个游戏当中,不能问为什么,这是规矩,就好像我不能问为什么发给我的是一块巨大的橡皮一样。

你瞧,和我们之前见过的橡皮一样,长方形,有淡淡的水果香味,只是,它的体积太大了,我得使出很大的力气才能抱着它,使它不至于掉到地上去。

预备——开始! 抱着我的橡皮,我和他们一起进入游戏。

我们在一条狭窄的巷道里慢慢地跑。这时,我注意到了身体两侧的墙壁。天啊,我惊呼一声,墙上画的居然是我。太像了,可以说是惟妙惟肖。又一幅,随着我的跑动,这些图画连成了一个动态的图像——那是我的过去。太不可思议了!

可是,你知道,我不是那样的,完全不是。

我现在明白为什么发给我这块橡皮了。我试着用橡皮在墙上轻轻一擦,嘿,那些图画居然真的就消失了,干干净净。

实在太令人高兴了。我抱着巨大的橡皮,在两边的墙壁上,兴奋地擦来擦去。

贩卖盗版光盘,是我攒下第一桶金的营生。遥远的那座小城的火车站和汽车站,周围的大街小巷,我曾经天天在那儿转悠,不分白天黑夜,有人来就凑过去问,日晒雨淋,还要躲警察……那些日子,不提也罢。如今,更是不能提了。那些排队采访我的大小记者,巴不得挖地三尺找出点什么新闻线索,我怎么能自己往枪口上撞呢?

这橡皮可真是好东西,就像小时候做错了作业,轻轻一擦,灰一吹,什么都没有了,正确的写上去,错的就永远没有了。

怎么,这个荣誉证书也在这儿。这是哪个协会发的?我忘了。当然是买的,谁会平白无故把这么高的荣誉给我啊。"优秀企业家",太抬举我了,我只是一个从北方小城跑来的外来户,我那企业,那时候算上我才七个人。你说,不花钱买,这荣誉证书能轮到我吗?我哪儿能想到后来会有那么多荣誉啊,要能想到,当初就不花那五百块钱了。这东西,多了也没意思啊。

擦掉吧。柜子里那么多大大小小的证书、奖杯呢,随便拿出一个来都比这个级别高。

这条巷子太长了,墙上的图画没完没了,可真让人心烦。

怎么我过去的朋友都出来了?我不想见到他们。这可不是一阔就变脸,没那意思。我只是……只是不想想起我的过去。谁没有过莽撞的青春啊,酗酒,闹事,半道截下夜班的女工,那时候不是没事干嘛。二十多岁的人了,没有大学可上,没有合适的工作,没有好看的女孩跟我谈恋爱,你说怎么办?浑身上下都是力气,总得找个发泄的地方吧。派出所?那地方当然进去过,打群架的时候经常去。就和他们那帮人,我们经常呼啸山林,骑着破自行车,像打家劫舍的英雄,呼啸而来,头破血流而去,不是对方进去了,就是我们进去了。呵呵,这些想起来,还怪好玩的啊。

好玩归好玩,不能耽误正事。你说,就他们这一群人,现在都像地沟里拱来拱去的老鼠,有一个正经的吗?要知道我就是他们曾经认识的那个混混,我过去那点事,他们还不一个个唾沫星子乱飞给抖落得一点不剩?好不容易才远离了他们,现在我身边的人,不,朋友,可都是有身份的,和他们可隔着好几个阶级呢。对不起了,兄弟,把你们都擦了啊。

一点一点擦过去,我手里的橡皮越来越小。现在,巨大的橡皮只剩下拇指肚大小,两个指头轻轻一捏,就能轻松地擦去墙上的图画。

可橡皮太小了,每次擦去的面积也越来越小。我的胳膊又酸又困,快举不起来了。更要命的是,我不知道前面还有多远,还有多少过去等着我。

但我不能停,我好像已经爱上了这个游戏,还有手里的橡皮。

这时,有人高喊:还要橡皮吗?

我立即答应:要。我要。干吗不要,橡皮多好啊,一擦,过去就没了。

他说:要高价来买。

我忙说:买,多少钱都买。

钱算什么?钱乃身外之物。而过去,不是。

雪域神话

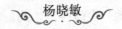

杨晓敏

  傍晚，一大块乌云悄悄侵蚀着精光四射的夕照。雪花纷纷扬扬，凛冽的寒风一阵紧似一阵。哨所吹熄灯号时，院里已有三厘米厚的积雪。

  黎明时分，战士们被惊醒了。山呼海啸般的嚎叫声撕碎了边境的宁静。伴随着啪啪啪的声响，十几间屋顶的白铁皮早飞得不知去向。哨兵刚从水泥岗楼探出半截身子，风雪立即裹住他旋出门外。他一阵连滚带爬，才搂住一块石头，急忙鸣枪报警。

  （远古年代，喜马拉雅山区是一片蔚蓝色的海洋。霞光照耀在树木森森的海岸，遮天蔽日的林间果味飘香。山坡上有婀娜多姿的香草，草坪上有嬉戏跳跃的珍禽异兽。）

  其实用不着报警。哨所的干部战士早已敛容息声，伫立窗前，观望着这场百年罕见的特大暴风雪。雪兽凄厉地嚎叫着，"呼隆"一声，战士们眼睁睁地看着厕所顶盖，像草帽一样飘到十五米开外。

  干部们在召开紧急会议。蜡烛点不燃，密封的室内照例钻进去白蒙蒙的一层雪花。用不着测量，这些"老边防"的身体感觉得出来超常的低温。

  （有一天海里蹿出一条凶恶的毒龙，搅动漫天海浪，到岸上兴妖作怪。松柏、铁杉、棕榈被它摧折了，斑鹿、羚羊、犀牛被它吞噬了，杜鹃、画眉、百灵被它赶跑了。宁静而恬淡的花园遭到洗劫、踩蹸，面临灭顶之灾。）

  游牧民危在旦夕！

  牛羊马匹危在旦夕！

  哨所驻地方圆百十里宽阔平坦，水草丰盛。尽管早已没有土匪抢劫，但游牧民的帐篷还是在允许的范围内，扎得离部队近一些。远近不等的十余顶帐篷像错落的荷叶，环绕哨所周围。当这场特大暴风雪袭击一个小时后，

帐篷几乎全部被撕成碎条。哆嗦不已的牧民们只好搂住仅剩下的粗大绳索,才幸免于难。牧场炸窝了。小羊羔当场被冻死。牛羊马匹像一团棉花般顺风遁去,直到卷入河中被冻住四条腿才止步。整个马泉河叫声一片,嗷嗷待毙的牲畜惨不忍睹。

(忽然,一阵仙乐响过,天上飘来一朵五色祥云,化作五位美丽的仙女。她们施展法力,降服了毒龙。俄顷风平浪静,岸上草木葳蕤,鸟兽复来。)

八个救援梯队轮番出击了。战士们借着肆虐的暴风雪每间隔半小时要减弱十多分钟的机会,急速地从大门前三米高的雪丘上滚过去,朝各个方向分头挺进。

军马牵出来了。雪打马眼,马扬鬃嘶鸣,踟蹰不前,人骑上去它就往马圈里钻,根本拉不住缰绳。汽车发动起来了,一车一车地送着人和畜。然而一经熄火,便再也发动不起来。暴风雪又铺天盖地地压过来,小分队只好伏卧雪地以减轻风雪的冲击力。漫天凄迷,伸手不见五指。指战员身穿皮衣皮帽皮鞋皮手套,加上防风镜,手里攥着指南针,胳膊挽着胳膊,在翻卷的雪浪中,寻找游牧民的踪影。

多名游牧民陆续被救进院内。战士们送来棉衣棉裤,医生急忙发放御寒药品。

一群又一群的牲畜被赶进院内。

战士小王听见外面有牛羊叫声,就单个跑出营区。他的防风镜不慎被吹掉了,眼睛让雪花打得直流酸水,根本无法睁开,在距连队只有一百多米的地方直打转。后来被战友发现,才把他和六十多只羊送回院中。

几个小时过去了,暴风雪的势头逐渐减弱,小分队陆续归来,可仍未见小李的身影。他曾因一次误岗行为,支委会已初步研究,准备给他处分。

此时小李正与暴风雪抗争。他被吹散后,跌跌撞撞地来到牧民扎西的帐篷前。暴风雪压塌了扎西的帐篷,一家七口缩在里面瑟瑟发抖。小李用手刨,老半天才弄开一条通道。

"你们……都跟着我。"他背起一个孩子,硬是把一家子从死亡线上救了出来。

藏胞得救了,小李却冻昏过去。事后,哨所撤销了对小李的处分。

(众生灵对仙女顶礼膜拜,苦苦哀求她们留下来,共享太平的欢乐。五仙女高兴地点头答应,喝令大海退去,大地隆起。)

第二天,马泉河流域天气晴朗,指战员继续为游牧民做善后工作。他们到河里打捞牛羊，到雪原上寻找失散、冻死、冻伤的牲畜，以减轻群众的损失。哨所还救济灾民上百套棉装，数千升青稞，尔后又派人修补羊圈，恢复生产。

（为永远守卫这幸福乐园，五仙女分别变成喜马拉雅山脉的五大主峰，屹立在西部边陲。为首的翠颜仙女，便是当今世界第一峰——海拔8848米的珠穆朗玛峰……）

以后的情节无须多言，那就是当地政府给北京写信，说当年是金珠玛米把我们从奴隶变成主人，今天在特大自然灾害面前，又是金珠玛米救了我们。群众来到哨所，双手把青稞酒捧过头顶，表示谢意。据说这是藏民们最虔诚最崇高的一种礼节。

哨所故事

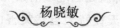
杨晓敏·

这个哨所的狗多素有名气，生人到此都会产生不寒而栗的感觉。我到哨所采访时，就见到几条狗满院溜达。黑的、白的和花的，盯着我这个初来乍到的人。夜晚却也不叫声连天，只偶尔几声狗吠，也不算闹人，反而给寂静的荒野平添几分"色彩"。

"哨所的狗怎么会这样多?"我问哨长。

他笑了，说："荒山野岭，有几条狗做伴不是可以活跃气氛吗？有这么一个故事：当年刚建点时，哨所的狗并不多。剿匪年月，一个大雪纷飞、月黑风高的夜晚，一股叛匪来袭击哨所，一直摸到铁丝网前，我们的哨兵还没有发现。叛匪正要摸进来的时候，奇迹出现了。老杨，你记得那首著名的打油诗吗？"

我说："是不是那首'天地一笼统，井口黑窟窿。黑狗身上白，白狗身上肿'？"

"对。"哨长接着说，叛匪万没有想到面前竟站立一条凶猛的大狗。它满身披雪，威风凛凛，看见这些没穿绿军装的人摸来，立即扑上去撕咬，狂吠不止。哨兵知有情况，急忙跑去向连长报告。不巧这哨兵是个结巴，着急时满额青筋显露，舌头打不转弯儿。他气喘吁吁地跑到连长跟前，一个劲地"报、报……报"，就是报告不出来。连长见状，灵机一动，想到他平时唱歌却从不结巴，便把手枪拔出往桌上一拍，吼道："你给老子唱!"哨兵真的不结巴了，竟流畅地唱道："报告连长，我有情况，土匪来袭击，狗在……汪汪。"连长带人一阵排枪扫过去，叛匪仓皇逃窜。雪地里留下几具尸体。

"原来狗于哨所有功呀。"我不禁惊诧于这颇具传奇性的战斗故事。

哨长继续说："后来边境线上无啥战事，生活又太寂寞，战士们仍喜欢喂养几条狗。比如寒夜站岗,哨兵在岗棚里与狗做伴,既可以取暖,又增添了乐趣和警惕性。这些年虽无叛匪活动,但由于邻国和我们是友好邻邦,边境线上的商人、边民可以自由进出,所以情况仍很复杂。过去规定距哨所五公里都是戒严区,不许靠近。现在没有那么严格了,但也不许生人随便过来。训练出来的狗,可以帮哨兵很多忙。哨所的狗最多时有三十多条。"

凛冽的边境之夜,围在热腾腾的牛粪火旁,战士们兴致很浓,七嘴八舌地告诉我:

"我们的狗可以追狼!"语气很是骄傲。

原来该地区曾有一大群野狼,少说也有几百只。狼群出动时嗷嗷嗥叫,声震四野。它们在草原上不时袭击游牧民的牛羊,成为一大祸害。遇到狼群围攻时,老练的牧人赶紧把牛羊拢成一个圆阵,雄性的围在外圈,犄角朝外,与狼群成对峙之势,以逸待劳,等候其他牧人相救。倘若狼群把牛羊冲散,牛羊们就会被分而食之。剿匪部队多次遇到狼群,边境上又不准随便放枪,战士们白天驱狼的办法是点火,狼见烟火就溜之大吉。夜晚只要看见周围有几十盏乃至数百盏绿莹莹的亮点晃动,全体人员立即退入帐篷固守,以待黎明到来。近几年当地政府实行奖励办法,军民合力除害,狼群已为数不多,只能化整为零活动。哨所的狗多而凶猛,平时常在草坝上溜达,专门保护牛羊,发现山上下来的狼,毫不畏惧,立即群起而攻之。我虽不曾见到狼奔狗逐的场面,但我想那一定激动人心,蔚为壮观。

说着,战士们不语了,纷纷低下头去。

后来,狼少了,边境安定了,游牧民来放牧的则多了。哨所的狗繁殖得很快,而狗的食物渐渐成了问题。自从哨所那条头狗"大黑"在荒野咬死牧民一只羊后,狗们似乎尝到甜头,也不时效法"大黑"的做法去伤害牲畜了,直到牧民幽怨地抱着被咬死的羊到哨所告状,战士们才弄清楚狗的"罪过"。

用不着做更多的思想政治工作,战士们懂得应该怎么做。二十多条狗被集中"枪毙"了,第一条自然是最逗人喜爱的"大黑"。

第二天,我在哨所默数一遍狗的数目,一共还有六条。

笑而不答

王　蒙

丰富

老王与来访的老友谈天,大家一致认为,不论从物质上还是精神上,现在的生活是他们这一辈人有生以来最丰富的。

老友叹道:"可丰富了又有什么好呢?现在不怎么看报了。为什么?报纸太多,每份报纸的版面也比从前丰富老了鼻子了。您要像从前那样认真读报,不读出脑溢血来才怪呢。现在也不看电视了,看也记不住了,为什么,呼啦啦,几十个频道,您看什么呢?还不够按控制板的呢。我现在看电视主要就是为了催眠,反正一看电视准打呼噜。食欲也愈来愈差,一打开冰箱,丰富得让你恶心,丰富得都长了毛儿啦!不去书店也不去图书馆了,书刊那样丰富,您怎么看呀?光看架子都眼晕!还有歌曲,现在的歌儿是一首也不会唱了。现在的电影,干脆您就甭看了!您哪,服装丰富得就剩了招虫儿啦!"

几个老哥们儿,都认为太寒酸了固然不好,太丰富了也不好。

他们走后,王的子女说:"唉,可说你们什么哟!"

用药

老王到医院去看病,碰到了不少熟人。

第一个熟人取完药,悄悄告诉老王说:"我的这个药是最新从德国进口的,是去年才研究出来的特效药,本来是不能报销的,我们主任特批,我才拿上了这种药!"

老王唯唯,敬畏有加。

第二个熟人取完药,对老王说:"我这个药与×××领导人用的药完全一样,昨天刚刚给×××开了这个药,今天就开给我了,我认识内科主任,才给我开了同样的药!"

老王频频点头,完全相信敬重崇拜佩服。

第三个熟人打完针告诉老王:"你知道我这一针多少钱吗?一般人根本是注射不起的,打这一针比旅游一次澳大利亚还昂贵!"

老王失色,做大土老帽儿状,念念有词:"打不起呀,打不起呀……"

老王终于与三个大牌儿熟人分了手。他很庆幸,不必用最新德国进口药物,不必与×××比用药,也不必用游澳大利亚的钱打针。

其实,他压根儿也没有想去游澳大利亚。

配眼镜

老王的视力似乎每况愈下,原来,他的矫正视力是1.2,现在,连1.0都达不到了。

医生建议老王另配一副新眼镜,并暗示他现在戴的镜子(还是1961年困难时期配的,赛璐珞框,托力克玻璃镜片的)太落伍了。

老王接受了医生的意见并感到激动,在换掉这副老镜子之后,他身上就完全实现现代化啦——任何旧物都没有了。旧家具早已卖给了废品收购站。旧杂志搬家前处理光净。旧服装好一点儿的送给了保姆,差一点儿的改成了揩布和拖把。

老王与太太、子女商议,大家欢呼,说早就该换眼镜了。这样子女赞助加老伴儿拨款,一共给了老王八千余元,责令他必须配副质量位于全市戴用眼镜前列的变色树脂镜片,用最新航空材料轻金属做框的时尚眼镜来。尤其是女儿强调:"要戴出尊严,戴出子女的孝心,戴出知识分子的地位,戴出全面小康的大好形势来!"

老王唯唯。心想,依你们就是了,一辈子窝窝囊囊,老了老了还不戴一副好眼镜!

他从善如流,认真贯彻,验光再验光,电脑验完了专家验,普通验完了散瞳验,最后花了八千零一十元在中日合资的一家眼镜店配上了高档好眼镜。

他心里还是有点儿不安，弱势群体怎么办？不用说别人，就他们楼里的电梯工，一年也挣不上这样一副眼镜。

他照照镜子，觉得不像自己了，觉得显得学问大了地位也高了。

只是，只是，视力仍无改进，他去医院查，矫正视力只有0.6了。他去问大夫，大夫说，人老了视力减退是正常的，也是不可逆转的呀。

邮箱

老王退休以后，常常与老友们通信。每天到公寓楼入口处的邮箱那里检点信件，觉得是一种乐趣。还有那么多人没有忘记自己，还有那么多人向自己致以良好的祝愿，还有那么多人向自己倾诉心头的喜怒哀乐，这使老王觉得温馨。莫道茫茫无知己，尚有几个人未忘君。

一年一年地过去，这几个人走的走了，远行的远行了（他们的子女在美国定居了，他们去探亲，说是），剩下几个也不来信了。隔几天到自己的邮箱那里看看，空空如也。老王黯然。有一天忽然看到邮箱里有花花绿绿的许多东西，老王大喜。掏出来一看，是置房产和壮阳药广告。

盼呀盼，远行大洋彼岸的朋友终于来信，并说自己设立了电子信箱，欢迎老王与他（她）通过电邮通信。

老王大喜，赶紧在子女帮助下添置电脑与设置电子信箱，学会了写、发与接收电子邮件的技术。

从此老王每天都用几个小时在电脑前坐稳，尽情享受信息时代的方便，从远及近，东拉西扯，没话找话，聊以解忧。对于并未远行而是一直生活在伟大祖国伟大本市的朋友，也是左一个妹儿右一个妹儿。谈天说地，家长里短，嘘寒问暖，互相慰安……然后发展到互相转发一些搞笑资料、半荤故事、社会奇闻、信不信由你的胡说八道。

渐渐地热劲儿也过去了，有时一连十五天，三百六十个小时，无一新邮件。老王大悲。生老病死，生驻坏灭，无为有处有还无，寂寞呀，寂寞呀……老王深切地认识到，不仅伟大的人都是寂寞的，渺小的人也许更寂寞呢。

在电子邮件越来越少收到的时刻，却汹涌澎湃地到来了大批病毒邮件与垃圾邮件，蠕虫毒，求职毒，周五毒，十三日毒……琳琅满目，美不胜收，每次一打开电子邮箱，便忙于查毒杀毒堵毒增添拒收命令升级杀毒软件，同时随着寻到毒踪或杀掉或杀不掉电脑病毒，电脑发出嗖嗖嗖的子弹呼啸声，枪林弹雨,如同到了巴格达,甚是有趣。

从此,老王打开电子信箱后的主要任务,便从阅信回信写信转为杀毒了。他甚至有点激动。这一天又查出并清除了四十余封毒件,留下一封灭不了,留待下次再查而杀之。有的是活儿干,且下不了岗呢——天无绝人之路啊。

哲学

老王越想越深,如果设立电子邮箱的主要目的是与病毒做斗争,那么组成社会的主要目的自然是与社会的病毒——犯罪分子斗争,教语文的主要任务是与语言文字的病毒——错别字与文理不通做斗争,那么美国总统布什的主要任务也就是与他心目中的国际病毒——恐怖分子做斗争。

那么活着的任务是与死亡斗争,执炊的任务是与饥饿斗争,那么斗争的任务便是与无所事事的丧失斗志现象斗争。

他想起了哲学家朋友对自己的厚爱,他想他距离哲学是越来越近了,哲学的使命呢?

他想起了如下许多命题:

与不斗争的现象做不懈的斗争。

与愚昧做斗争。

与无知做斗争。

与无思想做斗争。

与自满自足做斗争。

与思维病毒做斗争。

与肥胖症做斗争……

惊叹号

老王发现妻子说话当中的惊叹号日益增加,而逗号、分号、破折号与括弧日益减少。

妻子说:"太乱了! 成了垃圾堆了!"

妻子说:"哎哟,痛死我了!"

妻子说:"今年的冬天太冷啦!"

妻子说:"从前的夏天有多少萤火虫!"

妻子说:"这个杀虫剂是假的!"

妻子说:"市上涨工资啦!"

老王希望妻子不要为日常生活太辛苦,便陪妻子逛公园,妻子说:

"荷叶真绿!"

"门票真贵!"

"现在的年轻人穿得真漂亮!"

"人真多!"

"我们真的老啦!"

老王的眼睛里沁出了泪花。

小山村

申 弓

　　小山村，树绿水清，开门见山，山路弯弯，早有鸟儿啁啾，晚有山雾缭绕。虽然远离城市，缺乏城里的物质文明，可他们却也一代代地繁衍了下来。

　　小山村是和谐的。小山村有一个杂货店，这就是城里的百货商场、超市；小山村有个肉摊，这就是城里的菜市场；小山村有一个小酒馆，这就是城里的饭店酒家；小山村有间小屋，小孩在这里认字，这就是城里的学校；小山村还有一个卫生室，这就是城里的医院。而我的故事，就是在这个卫生室里发生的。

　　医生的拿手技术是治疗各种疼痛，凡腰痛腿痛手脚痛及各种无名肿痛，经他治理，没有不好的，这是他祖上传下的绝技。与其说医生的医术高明，不如说是医生的药物独特。凡此种种疼痛，医生总要使用一种很独特的草药叫"一粒珍珠"，也叫"一粒金丹"。刚从土里挖出时，呈银白色，就像一颗颗珍珠，而经太阳一晒，便慢慢变成金黄，活脱脱一颗颗金丹。看不出这小物竟有神奇功能，病人痛得咧着嘴来，经过一番拨弄，多是笑着走出去。

　　据说是医生的先祖当年游历海南，在五指山遇到奇人，才得此偏方。到了医生手上，已传了四代。几代人都有着极好的口碑，为人解痛，不图不取，一家人始终住着那座低矮小瓦房。不过小瓦房也没什么不好，小村人也全都住这种小瓦房。

　　当然，既是小山村独家医院，只凭一个单方是不行的，见天有几个这样的病人？多数是感冒发热伤风咳嗽，于是，医生也就附设了内科外科儿科妇科，这样每天看病抓药的人就门庭若市了。

　　不管怎样，医生总是有条不紊地工作，他在门口设个排队处，那排队方式竟也独特，每人一块瓦片，或正方形或长方形或不规则形，上面也用瓦片

写着一个号。瓦片做笔,瓦片做纸,写出的号码倒也清晰可辨。每次进来一个人,只要你拿出瓦片,那号码是不会错的,依次顺序,不乱不弃。来的都是本村本乡,再急也得排队,除非别人主动让你,否则还真不好意思插队。

这天来了辆小轿车,贼黑贼黑的,一直开到了卫生室门口。车里下来一个年轻人,再打开右边的门,扶出另外一个人。被扶的是个上了年纪的男人,头发都变白了。看他一手支着腰胯,一定是痛得不轻。医生正在给村人看病。门外集着一堆手拿瓦片的村人。来人自然没有瓦片。坐在最外边的黎三问,是来看病吗?

是啊,不看病跑来干什么?

是的,不看病来这儿干什么。说得平常,可村人都不大喜欢这种大大咧咧的样子。黎三随手递给他一块瓦片,他却不要,挤到前面,先是掏出烟,顺手抽出一支,塞到医生嘴上,随手打着火机递过去,不由你不抽。一口喷出来的白烟,使得整屋都香了起来。医生说,啥烟,这么香?

香吗?那就留给你慢慢抽。那人将那包烟放到了桌上,告诉你,大中华,三块五一支。

啊?那可不敢要哟。

那算什么。我们路远,先帮个忙,让我们看吧。

医生稍显为难地看了看外边手持瓦片的村人。村人见来人也不多,就一个,也就默许了。

大概一刻钟,看好了,那人将一张大票留在桌上,问,够了吗?

要不了这么多,我找你。

不用找了。说着便扶着男人往外走。那人走了,秩序又恢复了正常。

过了几天,那人又来了。照样是不用瓦片,照样留下一包好烟,照样先看,照样是给了一张大钱。只是在走时,向医生要了这里的电话。

好几天没见那人来了。这天有人跑来叫医生到大队部去接电话。医生停下了正在看的病人,出去了。好一会儿回来,跟村人说,真对不起,我有点事得到城里一趟,明天回来。说着收拾东西,匆匆出门。村人便只好将手里的瓦片放下。反正也没啥大病,明天就明天吧。

到了第二天,医生真的回来了,还是那辆贼黑贼黑的小车送回来的。于是瓦片又派上了用场。又过了十来天,那辆贼黑贼黑的车又来了,是那个开车的单独来的。医生看看手拿瓦片的村人,虽然眼里掠过了一丝内疚,还是上了那车一溜烟地走了。从此,医生十天半月也不回来一次,回来也是匆匆地小住一夜,第二天又走了。村人也再不用瓦片了。

半年之后,小山村里出现了一幢小洋楼,那是医生家的。

小洋楼面对小瓦房,鹤立鸡群,自成风景。只是村人每每路过,那眼睛总是斜视的。

记忆力

申 平

　　这帮老人家都已年过六旬了,这日却突发奇想,要搞小学毕业五十周年同学会。

　　五十年,整整半个世纪。岁月的风霜早已染白了他们的头发,揉皱了他们的面庞,如今他们再见面,彼此还能认得出来吗? 他们是否把珍贵的少年时期的友谊埋藏心底?

　　于是就打电话、发通知,足足折腾了半个月,还真的把人给弄齐了。全班除四人提前去了另一个世界聚会以外,其余四十一人都答应一定来。

　　聚会选在一家酒店的一楼,门口挂了标语和彩球,显得非常隆重。来得最早的当然是几个发起者。他们发现,这家酒店的服务真不错:门外有侍应生开门;一进大厅,服务员就把热毛巾递了过来;还有一个提着篮子的小老头儿,给每个人都发一包纸巾。显然,这是为他们流泪准备的。发起者连连赞叹:好,真是想得太周到了。

　　同学们陆续来到。每一个人的到来,都会引发一阵激动。大家先是静静审视来人,然后突然有个人叫出了他的名字,于是就是一阵欢呼,就是一阵热烈拥抱。也有一些人实在认不出来了,但当他自己一报家门,大家立刻恍然大悟。这种激动就更热烈,因为其中还包含着惊喜。

　　想想吧,五十年一聚,容易吗? 人生会有第二个五十年吗? 昔日的少年,今天的老人,你拉着我的手,我搂着你的腰,说啊、笑啊、哭啊……那场面真的是太感人了。

　　那位小老头儿发给大家的纸巾真的派上了用场,而且有人发现,这个小老头儿竟然也被他们感动得热泪纵横。他也频频用篮子里的纸巾擦自己的眼睛。

激动过后,发起者开始清点人数,发现已经来了四十人,就差一个人没有来。大家都在询问:他是谁呢?

那个提着篮子的小老头儿此时突然放下了篮子,走上前来说:是我啊,你们谁都没有把我认出来啊!

"刷"地一下,众人齐齐把惊讶的目光向他射去:你? 你是谁啊,有没有搞错啊?

小老头儿在四十双眼睛的审视下有点发窘,他急忙挺了挺腰,大声地说:我是陈大福啊,你们再看看、再想想。

发起者赶紧去查名单,果然有陈大福这个名字,可是……四十双眼睛又从头到脚把他审视了半天,有个发起者忍不住说:你不是酒店……干这个的吗? 他指了指老头儿的篮子。接着他又说:你别开玩笑,我们可是同学聚会……

小老头儿就显得有点着急:我知道是同学聚会,这种事情谁会冒充啊。我明明就是陈大福嘛,你们睁大眼睛好好认认嘛! 小老头儿随后又有点委屈地嘟哝道:这纸巾是我自己给大家买的——酒店还管你这个!

于是四十双眼睛再次聚焦,恨不能看穿了他的骨头,可结果还是失望地摇头。小老头儿这回可真有点急了,他说:你们的记忆力……怎么这么糟呢? 你们仔细回忆一下,那时咱班每天是谁最早来搞卫生的? 你们再想想,学校开运动会,是谁给你们看衣服,是谁给你们打开水? 班里组织劳动,又是谁干得最卖力气……

众人仍然半信半疑。突然,一个女同学尖叫了起来:哎呀,我想起来了,他的确是陈大福,他是我们的同学啊!

众人就一齐把目光投向女同学,显然希望她拿出证据来。女同学就有点兴奋地说:大家还记不记得,有一次他偷了学校附近农民的地瓜,让人家抓住,押到学校门口来示众……

噢——! 众人齐发一声喊,他们的记忆闸门一瞬间呼啦啦全部打开。现在再看陈大福,怎么看怎么像他们的同学了。

但是此时的陈大福却没有半点兴奋,反而像中了枪一样痉挛了一下,他张大嘴巴,面部扭曲,用颤抖的声音说:天哪,你们还记着这件事啊! 我做了那么多好事,就是想让你们忘了这件事,可是你们太……太伤人了!

陈大福慢慢转过身去,提起他的篮子,摇晃着向门外走去,任凭后面喊破了嗓子,他也一直没有回头。

珠子的舞蹈

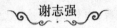

谢志强

国王接纳了一个老人的进贡。据老人声称,他代表他所在的那一方土地生活的臣民,表达对国王的拥戴,这两颗珠子便是明证。

国王占领这个王国,屡受刺杀、谋害,他觉得这个王国处处隐匿着敌人。他还是第一次看到臣民的忠诚表白。

老人说:陛下,我这一对珠子是家传珍宝,它们一碰着毒药就兴奋,兴奋地跳舞。

国王大悦。他现在时常面对膳食提心吊胆,已有数名侍从中毒身亡。他进食前,必须有侍从率先品尝把关。国王立即安排了放毒药的菜肴。

果然,两个珠子浸入菜肴,便一跃而起,兴奋不已地蹦跳,在桌上此起彼伏,像是经过严格训练的王宫舞女,跳得姿态优雅,还不时地相互碰撞,发出清脆的响声。

国王给予老人丰厚的赏赐。他开始欣赏这对珠子,像玛瑙,又不是,似玉石,也不是,这是两个稀世珍宝。有了它们,国王顿时消除了疑虑和心病。不过,他清楚,要在灵魂上征服这个王国并非容易的事情。

两个珠子成了国王的忠实侍从,这个秘密仅限于国王。可是,还是不断地有人自投罗网,隔数日,两个珠子就对送来的菜肴跳舞。国王立即发旨追查投毒罪犯——膳食房的厨师、帮手,又牵连各自背后的王宫官吏,一抓就是一串子。然后,国王又招纳和任命一帮新手。

很快,王宫上下,都知道了那两颗珠子。国王便对两颗珠子宠爱有加。他要求保管珠子的侍从:珠子享受王亲的同等待遇。珠子是物件,无法加官受禄,但是,在形式上,珠子政治、生活的待遇已超过了宫内的宠臣。甚至,国王听政时,珠子陪伴其左右。

众臣不免对珠子敬畏，仿佛珠子能识别出他们的心灵阴暗。那段时间，王宫内平安有序。每逢国王用膳，那两个珠子已成了必需的程序，它们幸福地浸泡在国王的膳食里，而且，国王并不取出它们。

国王举动木勺时，先去碰碰碗盘中的珠子，那一刻，国王显出了慈爱之情，两个珠子如同聪颖、顽皮的王子。他说：来，你们和本王共同进餐。

直至国王放下碗勺。珠子沾满了油珠和饭屑。侍从当着国王的面给珠子"净身"，那是用羊奶或驼奶又浸泡了鲜花的花瓣制成的净身液——特别是初开的沙枣花，细碎的花朵，浓郁芳香。国王最后会捧着珠子吻一吻，那是无限的深情。国王觉得珠子维系着他的性命。侍从在替珠子"净身"的过程中，稍有磕碰，国王便动怒。其实，珠子舞蹈的时候那么剧烈不也没有丝毫损伤吗？

宫女的舞蹈已不能吸引国王了。可是，国王又生出忧郁，毕竟珠子长久没有舞蹈了。国王喜欢欣赏珠子的舞蹈，而珠子一旦舞蹈，又意味着威胁的逼近。无聊至极，国王就授意在膳食中下毒，他要观看珠子的舞蹈，——久违了毒药，珠子的舞蹈近乎疯狂，甚至一跃，双双落在石板的地上，敲击地板的劲头使得国王心疼。国王担心它们受伤，他欣慰地想到它们的忠诚无疑。

国王不再采用这种方式取悦了，他沉浸在对珠子的舞蹈的回忆之中，他在最后那一次珠子的狂舞中感到一种死亡的气息。于是，国王格外地呵护它们，原来的"净身"仅仅是膳前餐后，他规定，还加上早晚各一次，净身液的鲜花，有的是乡间采摘，可王宫专门修建了暖房，终年鲜花盛开。

珠子已习惯了净身，甚至，天气酷热，珠子偶尔不安地跳动——那不是舞蹈，而是珠子表达它们的愿望，国王以为珠子表演了，可一旦珠子置入净身液，它们又陶醉地平静下来。国王又要求伺候珠子的侍从在天热天冷的时候，增加珠子的净身次数。珠子始终散发出特殊的芬芳，似乎珠子已吸纳了天地间花香的精华浓缩一体。

国王不再观看珠子的"净身"，那是一个复杂费时的过程，他只随身佩戴着它们。他发现，珠子竟能刺激他的性欲，他也像珠子一样疯狂地舞蹈，只是，床铺是他的舞台。国王在舞蹈中仿佛在模仿珠子的舞蹈。他惊奇自己竟然这么体力旺盛，他认为，这是珠子赋予他的力量。

不过，不幸终于发生了，那个不幸似乎酝酿了许久——国王中毒了。那次用膳，照常是珠子浸在膳食的碗里，珠子没有作出反应——它们应当及时地舞蹈呀。

国王腹中绞痛,他知道可怕的谋杀终于降临了。他望着珠子,说:你们怎么没舞蹈?

那个献珠的老人来了——国王早已安排老人在王宫里当差(看护花房)。国王忍痛责问老人,说:你谋害了本王。

老人笑了,说:陛下,是你过分宠爱了珠子。从我的祖辈起,珠子都是用毒水洗浴的。它们本来对毒药很敏感,我说过,它们一碰毒药就兴奋地舞蹈。

国王说:可,它们没有舞蹈……

老人笑着平静地说:陛下,你改变了它们的本性,它们已习惯了你安排的生活,现在,它们一碰净身液就跳舞,你没有看见这一点。

国王的口中流出乌黑的血液。他生命之火熄灭的最后那一瞬,脑子里闪过的是一对珠子的狂舞。

无情的命令

谢志强

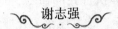

将军奉国王的旨令远征。他派出两名探子,侦探敌方的军情。可是,只回来一名探子。

将军起疑,说:为什么你能安全返回?

这名探子说:我们摸到了敌人的营地,敌人发现了我们,混乱之中,我们失散了,我很快摆脱了敌人。

将军说:你胆小,出卖了同伴,我判你死罪。

这名探子解释不清,他拿不出将军需要的证据,而证据必须由另一名探子提供。

将军说:我交给的任务你们没有完成,那么你就得接受处置。

这名探子知道将军属于王亲,他的专横表现在他发出的各种命令里。有一回,将军宠爱的坐骑淹死在河中,将军命令将那条河改道,一时造成了水灾,并动员全军凿出了新的河道。

将军命令一名侍卫,说:现在,你押他出去,立即斩首。

侍卫押着这名探子去距营地不远的一个沙包,这时,这名探子看到了生机——另一名探子风尘仆仆地赶回来了。

先回来的探子说:你再迟一步,我的脑袋就没有了!

侍卫陪同两名探子返回了将军的驻地。

先回来的探子说:将军,我的同伴已经能够作证了。

将军很恼怒,说:我的命令一旦发出,还能收回吗?还能改变吗?

另一名探子说:将军,我摆脱了敌人的追踪,差一点儿回不来。

将军对先回来的探子说:我已宣判了你的死罪,命令已发出,你就不得不死。

这名探子又陷入绝望,呆呆地站着。他想起曾有一匹发了疯的坐骑挣脱了将军,失控地奔向河流。那匹马像将军发出的命令。

将军对另一名探子说:你只不过回到我发出的命令里,你造成了你的同伴的死罪,你有同等的罪,所以一并斩首。现在这个命令依据的是前一个命令。

另一名探子茫然地望着同伴,垂下了头。

将军对侍卫说:我命令你执行我的命令,可是,我的命令被你擅自改变了方向,你的职责是执行命令。你甘愿落入死罪。

侍卫顿时沮丧,暗想,若早一步,他便终生懊悔,他庆幸没有增加冤魂。

将军指定了三名侍卫执行命令——他们像是命令的化身,威严地举着闪着寒光的刀,而两名探子和那名侍卫又由另一个命令承载着,望着远处的沙丘,那个命令已提前等候在那儿了——那是三人生命的终点,那也是命令的交会处。

走近沙丘,好像那是预定的坟墓。先回来的探子对另一名探子悄声说:敌人显然设了埋伏!他们完全可以抓住我俩,可他们没有……难道他们感兴趣的是我俩的踪迹?

另一名探子说:我俩的足迹是敌人发出命令的依据吧? 足迹比我们有价值。

神话

刘建超

那绝对是一场空前绝后的激战。明德哥说起那场赛事,总是要先抚摩一下那条残腿。

明德哥在老街开了一家牙科门诊。没有病人来时,明德哥就会坐在诊所的门口,阳光暖暖地抚摸着街道,抚摸着街道上来来往往的人流。只要街道上有孩子坐在他的身边,他就会端出好茶,在石板桌上摆上几杯,放几样小点心,开始讲他的那场赛事。

你们想象不到,那是怎样的一场决赛。快二十年的事了,至今我历历在目记忆犹新啊。明德哥说到此时,就会眯起双眼,仿佛在追回那场渐渐遥远的记忆。有等不及的孩子就会问,明德哥,是省运会的足球决赛,对吧?明德像是被激醒了,端起茶杯,慢慢地抿上一口,接着说。

是省运会足球决赛。当时的情况非常严峻。咱们市队和省直代表队的金牌数量持平,都在等着最后一块足球决赛的金牌了。市里带队的副市长出征前就立下军令状,要夺得金牌数和总分的第一名,可人家省直代表队是连续三届的金牌老一,也是信誓旦旦要捍卫人家的霸主地位。足球,咱可是没有把握,省直队员中有好几个都是省队的球员,有一个还是入选过国家队的国脚。咱们是啥,清一色的业余干家。集训了不到三个月。可就咱这些业余干家成了运动会上的一匹黑马,一路过关斩将,干倒了上届的亚军、季军,硬生生和上届的冠军碰上了。

明德哥,你是踢什么位置的?

什么位置?前锋。知道吗,我那时的速度,那叫一个快。百米在十一秒,我要是抢断突破对方的后卫防线,那就没有人能够追上我,除非他犯规。

明德哥见到有病人来了,就连忙放下手中的杯子,挂起拐杖,把病人往

诊所里让，对孩子们摆摆手，你们先坐着喝茶，咱一会儿接着说。

等明德哥送走了病人，出门时，孩子们已经把点心消灭干净早走人了。明德哥就会慢慢地收拾起杯子，自言自语地说，好汉不提当年勇，当年勇噢。

明德哥关了店门，晚饭总是在赛大姐米线店喝一碗鸡汁米线，吃两个肉加馍。然后回到他那小房间里，打开电视，等着看足球节目。明德哥的屋子里没有啥摆设，一台电视却是老街上最好最高级的，每天的选台几乎都是固定在体育节目。墙上粘贴着大幅的足坛明星的画，半面墙堆积的全是体坛内容的报纸杂志。

我常去明德哥的小屋子里找资料，我喜欢篮球，喜欢NBA，喜欢乔丹、麦蒂、约翰逊。只要是有他们的画页，明德哥都让我撕下带走，但是有足球的文字是一点也不能动的。明德哥常看着我带走篮球明星的画页，说，足球才是男人的运动啊。篮球都是个人在表演花呼哨的技艺，足球才是完美展现男人勇敢和激情的现代战争啊。

明德哥也是三十几岁的人了，还是单身一个。我问过明德哥，干吗不给我找个嫂子。明德哥嘿嘿笑着说，我这个样子谁能看上我啊。再说了，娶个媳妇多一口人，还不得跟我抢电视啊。结过婚的人都知道，遥控器啊，永远都在女人手里拿着，不信，回家去看看。我还真的回家看看，家里的遥控器还真的总是在母亲的手里，偶尔在父亲的手里，也是母亲一努嘴，父亲就赶快换频道，直到母亲选中了满意的台。有时，父亲想看的台被母亲占着，自己就出去到街口看别人下棋。我还真的羡慕起明德哥了。

明德哥讲的故事我不知听过多少回了。那次两军对垒，一方是有着骄人战绩根本不把对手放在眼里的省直队，一方是全凭着一股冲劲闯进决赛的黑马。比赛一开始，省直队就凭借天时地利人和的优势，大兵压境，轮番朝对手的门前轰炸。上半场没有结束，就攻进了两个球。主场球迷的呐喊助威声震耳欲聋，把黑马队的队员都给喊晕了，自己还玩了个乌龙球。上半场结束零比三落后。中场休息，带队的副市长亲临球员休息室，给大家鼓劲，教练啪啪啪地拍着自己的胸脯，激愤得热泪盈眶。队员的火气被点燃了。下半场一开始，个个就跟上足了发条似的，满场横飞。省直的队员体力明显不支，一个接一个倒地抽筋。黑马队越战越勇，竟然连扳三球，打成平手。加时赛，明德哥快如脱兔，对方后卫跟本就阻拦不住。禁区内，在明德哥准备起脚时，对方后卫狠狠地蹬踹在他的左腿上，可以听到骨头咔嚓的断裂声。

点球。明德哥艰难地站起来，稳稳地站在了罚球线上。明德哥说，当时几万人的球场忽然静得能听得到钢针落地的声音。他已经没法助跑，就在原地起脚，球划出了一道优美的弧线，直挂对方球门的右上角。明德哥没有听到欢呼声，他眼前一片黑暗，倒在绿荫场上。队友们去抬他时，看到他的右脚已经整个扭了一百八十度。

明德哥的故事让老街的孩子们很佩服。市里只要有足球赛，明德哥就会被孩子们簇拥着去体育馆，和明德哥一起欢呼一起呐喊。

我父亲在体委工作，父亲说，市里在历届省运动会上，足球从来就没有进过前四名。母亲说，明德哥打小就害了小儿麻痹症，从没有离开过双拐。没事多去帮帮明德哥。

我还是爱听明德哥的故事，爱看他讲那段神话时的神情。

那绝对是一场空前绝后的激战。明德哥又在讲他的那场赛事。

孤傲

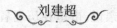

刘建超

　　刀劈斧剁般的峭壁下,有块椭圆形巨大山石,好像是开山劈地的仙人一时疏忽忘了修整。它就孤傲地蹲坐在山石上。

　　这里是游客所能到达的最后领域,往前就是深不见底云雾缭绕的万丈深壑。游人发出一番惊愕感叹,都要原路折返。蓦然间,看到了山石上的它,新奇地喊着:这里还有一只猴子,一只孤猴。周围的喧闹仿佛与它无关,它依然孤傲地蹲坐在山石上,望着山下。从它蹲坐的位置上,可以俯瞰游区的全貌。出入口处是最繁闹的地段,游人会被突如其来的猴群惊扰,手中的各类食物被群猴瓜分争抢,欢快的笑声惊叫声在山谷间回荡。

　　它曾经是那群泼猴的首领。那时它还是青年,还是个很健壮的公猴。猴王是个极其霸道的老猴,猴王爱在猴群里耍威风,把其他猴子撵得到处逃离,居无定所。不少猴子偷偷地离去,猴子的数量越来越少。那次,猴群在逃离的途中,突然遭到鹰鹫的袭击。凶猛硕大的鹰鹫俯冲下来,老猴王最先跳到树梢上躲藏在茂密的树叶中。群猴惊惶尖叫着四处逃散,一只幼猴吓呆了,伏在岩石上不会动弹。鹰鹫两只利爪嵌入幼猴的体内,幼猴凄惨的叫声尖利嘶哑。就在鹰鹫肆无忌惮地准备起飞之际,在树上的它突然疯了一般从树上跃下,准确地砸在鹰鹫的背上,它张开双臂猛然打向鹰鹫的双眼。鹰鹫猝不及防,放开爪下的幼猴仓皇逃离。众猴从惊骇中回味过来,把它围在中间。老猴王从树上蹿下,朝众猴呼唤。众猴原地未动,只有"一撮毛"巴结着跑到猴王身边。

　　它知道,自己该出现了,它必须出来挽救这衰败的部落。它把尾巴高高地翘起,如一根刺天的旗杆——这是一种挑战的信号,只有猴王才有翘起尾巴的特权。老猴王气得浑身发抖,嗷嗷低声叫着。它毫无胆怯,翘着粗壮毛茸茸的尾巴。几乎是同一时刻，它和老猴王原地腾空朝对方扑去。只一个回合，老猴王就被打出一丈之远，满面鲜血，老猴王惨叫着逃去。众猴雀跃着涌向它们年轻的新猴王，它蹲在岩石上接受群猴的拥戴，一副君临天下的威风。它治理有方，精力旺盛，三五年的时间，它的部落就发展壮大到一百多只猴子。家族大了，贫薄的地盘已不足维持它们想要的优厚生活。它要带领众猴去占领景区最肥厚的地盘——景区出入口领地。那里是尊贵和强大的象征，只有最威猛最有威仪的猴王才有资格带领家族占据。每年都会发生多次为争夺地盘引发的猴群搏斗。似乎并没有想象中的那么惨烈，它只是威风地长啸一声，便率领众猴杀将过去，没有几个回合，就降伏了对手。它的家族享受着每天游人最先赏赐的各类食物，听着游人欢快的赞美声。它的家族成员很快就个个膘肥体壮，毛色光亮，一派歌舞升平的气象。

它孤傲地蹲坐在山石上。有几个游人开始逗它，扔给它爆米花、花生果。它根本不予理睬，依然目不转睛地望着山下。忽然，一个游人惊奇地喊道：快看，这猴眼里有忧伤！众人果然发现这只孤猴的眼里流露着和人一样的愤懑和忧郁。有人说，这也是一只猴王吧？听说被打败的猴王都会孤独地度过余生。

众猴的背叛让它刻骨铭心。温饱则思淫，它觉察出家族中有几只母猴似乎有些不安分。尤其是那只妖艳的黄母猴，总是与一只成年公猴眉来眼去，终于引发了一场恶战。它觉得自己的气力已经不如从前，而它的斗志依然如从前一样昂扬。从岩石上开战，追逐到莽莽草丛。它和来犯的公猴都已遍体鳞伤，气喘吁吁。该是最后决战的时刻了。它环顾四周，渴望得到众猴的鼓励和呐喊助威，可是，众猴似乎并不关心这场生死攸关的决斗，它们觉得有吃有喝的日子挺好的，挺滋润的，谁当猴王与它们没有什么相干。它们三只一伙、五只一群，散落在四周。只有它的原配夫人，怀中抱着幼仔担心地望着它。而那只黄母猴手舞足蹈地在给挑战者鼓劲。一股无以言表的悲哀塞满它受伤的胸怀，它无法理解自己多年的拼杀换来的竟然是群体的麻木漠然。当挑战者再次嗥啸着扑来时，它完全可以凭借自己的经验，四两拨千斤致对方以惨境。但是它没动，任凭对手把它翻滚着打出好远，它没有感到伤口的疼痛，只觉得心在颤悸。它走了，回头望了一眼，黄母猴和"一撮毛"殷勤地招呼群猴围在它的对手身边。

它孤傲地蹲坐在山石上。

　　日落了,起风了。它缓缓地从山石上走下,消失在莽莽的草丛中,被风吹垂的草丛中可以看到它高高翘起的时隐时现秃毛少皮的尾巴。

怀念一只被嘲笑的鸟

刘建超

　　它的后半生在大家的嘲笑中自卑羞惭地度过。在鸟的天堂里,不容许给它这样卑劣行径的鸟分配一席之地。鸟们都不知道它的名字,当然,鸟们也不必知道它的名字,也许它根本就没有名字,它就不配有名字。

　　它和它的家族生活在茫茫的亚马孙热带丛林。它们生活得很快乐,尽管它们的身体很小,它们总是受到许多比它们大的家伙们的欺负和袭击,但是,它们很勇敢,很倔强,很团结,它们有着共同的信仰,勇往直前。当它们受到袭击时,它们会在瞬间聚集起成千上万的庞大群体,对侵略者发起攻击,再庞大的动物也经不起上千上万只尖利如刀的长嘴的叼啄,攻击者先是眼睛被啄瞎,接着皮肉被撕开,最后只留下一堆令人生畏的白骨,而且是一具干干净净的白骨,不残留一丝的血肉。它们当然也遭受到对手的顽强反击,但是它们的家族早就告诫它们,后退就会死亡,谁畏缩,谁后退就会遭到同伴的围攻,顷刻间,也会化作一副白骨。

　　它出生时,它的家族已经非常的强悍了。在亚马孙热带丛林里,没它的家族不敢吃的动物,没有哪个庞然大物没有遭受到它们的攻击。大家把它们称作一群"疯鸟"。它刚刚展翅在空中划出第一道优美的弧线时,母亲就教它去进攻。初生的它毫无畏惧地扑向体积大于自己十倍的大鸟,大鸟只扇了一下翅膀,就把它推到山石上,摔疼的它觉得头顶忽然聚居了一片乌云,顷刻间一具白花花的鸟骨头散落在它的身旁。它的母亲告诉它,这是它第一次勇敢出击的战利品。母亲告诉它,在它的家族里只有前进,没有后退,要它发誓去维护家族的荣誉。

　　它很勇敢,跟在成年鸟群中,它的进攻也毫不逊色。它总是会把握住最佳时机,迅雷闪电般冲向对手的眼睛,把尖利的长嘴刺进各式各样的玻璃球

体内,然后长啸离开。多少次主动或被动的战争,它总是攻击队中的佼佼者,它在逐步地建立起自己的威信。鸟王已经老了,而它却风华正茂。有多次的战役鸟王都委托它来指挥,它的勇猛它的智慧得到了淋漓尽致的发挥,它的家族空前的繁荣和强盛,即便是虎豹豺狼也要对它们退避三舍,它们成了亚马孙真正的丛林之王。鸟王非常欣赏和器重它的勇敢,它也享受着优先进入花丛饱餐蜂蜜的待遇,在它们的世界里,鸟王不吃饱喝足甘甜芬香的蜂蜜,其他鸟是不能越过雷池一步的。

如果不是因为后来的变故,它是理所当然地要登上鸟王的宝座,享受臣民千呼万颂的拥戴。

源于一场火山大爆发。只是顷刻间的事情,寂静的山口,突然间发出怒吼,喷发的红色岩浆竖起几百米高的火柱,像一条火龙扑向茫茫丛林。火龙所到之处便是火的汪洋,清澈的河水开始翻滚,成片的森林被火海吞噬。

鸟们愤怒了,它们容不得自己的家园被外来者侵蚀,它们不允许自己辛辛苦苦打下的领地被红魔霸占。它们开始向熊熊的烈火开战。

它指挥着一群一群的战士扑向火海,但是它们找不到对手的眼睛,摸不着对手的身体,对手好像只有一张大大的嘴,把它的同伴毫不留情地吃掉。它们继续攻击,它们的数量多得遮住了天日,然而,只是顷刻间就化为灰烬。它不明白发生了什么,但是它明白,再多的同伴攻进去也是无济于事。

它命令停止了攻击。但是,对手并没因为它们的退让而减弱自己的攻势,依然快速迅猛地吞噬它们赖以生存的家园。

鸟王出现了,尽管鸟王已经老态龙钟,但是鸟王的威望还在。鸟王怒斥它为何停止了攻击。它告诉鸟王,家族已经损失大半,对手却依然强大,这样抗争下去,有可能会灭掉我们整个家族。鸟王依然吹响了进攻的号角,一群一群的鸟儿在前进的号角中葬身火海。

鸟王亲自率领最后的部落开始进攻,前行中的它犹豫了,忽然,它扇动翅膀向后退着飞行,它发现原来它们还有倒退着飞行的功能。鸟王看到了它的行动,大声喝斥它,并命令家族对它实施围攻,但是,没有鸟响应鸟王的命令,它们都像它一样,开始倒退着飞行。只有鸟王无奈地干吼一声,冲入了火海。

倒退,让它和它的家族避免了灭顶之灾。它们明白了,进攻是为了生存,后退也可以生存。它们延续了种族的生命。它们不再疯狂地进攻其他动物,它们可以用倒着飞行的技术躲过敌人的袭击,它们成为所有靠翅膀飞翔的鸟类中唯一可以倒着飞行的鸟。它们的性情变得温和,它们觉得光吸食蜂蜜就足以保证家族的繁衍,大家称它们为蜂鸟。

它后来始终被家族嘲笑,毕竟它是第一个退却的胆小鬼。

我听说了这个故事,十分怀念被嘲笑的那只蜂鸟。

和我一模一样

赵　新

　　郑春老汉正在那池温泉里泡得舒坦时,池子里又进来了一个人。和他一样,那个人也是把衣服脱在了外间屋里,赤条条走了进来,赤条条泡进了热气升腾的池水里。郑春老汉把那个人看了一眼,那个人有五十岁左右的年纪,个头很高,身条很瘦,皮肤黝黑,脚板很大。见他进了池子,老汉就把伸得很舒展的腿脚收缩回来,还冲人家笑了笑,以表示对人家的尊敬和友好;那个人也冲他笑了笑,并且点点头说:你好,你洗。

　　郑春老汉感到奇怪:这个黑不溜秋的人怎么能到这个小池子里洗澡呢?莫非也是身后有人,走了后门?老汉又想,我怎么能嫌人家黑不溜秋,看看自己身上,不也黑得放光,黑得出彩吗?老鸹还嫌猪黑,真是没有道理!

　　那个人在碧波荡漾的池子里游了几步,和郑春拉近了距离。

　　那个人问:老哥,您今年高寿?

　　老汉回答:谈不到高寿,我属牛,今年正好六十岁!

　　那个人问:您是温泉村的人?

　　老汉回答:不是,我来温泉村走亲戚。

　　郑春老汉是来温泉村看望闺女的。温泉村因有一股天然温泉而得名。那水从山底下冒出来,清洌,光滑,柔韧,温度很高,含有一种很浓重的硫黄味,能祛风除寒,治好许多顽症;没病的人在温泉里洗一洗,还能舒筋活血,保健身体。郑春老汉的姑爷是这家温泉的承包人,一个阔大的池子供普通百姓使用,接待南来北往的客人;一个装修得很高级的小池子供有头有脸的干部们使用,接待南来北往的各级领导。郑春是个放羊的老汉,当然应该在大池子里洗,可是朝里有人好做官,姑爷特意把他领进了小池子。

　　老汉觉得不妥当,忙说:这合适吗?

姑爷说:合适。大池子里人太多,你就在这里洗!

老汉说:那要是来了领导,不就妨碍人家了吗?人家不批评你徇私舞弊?

姑爷说:爹,你放心大胆地洗吧,现在已经是下午四点了,不会有领导来了。再说我也没接到乡里的电话,他们不打招呼,就是没人来了,这池子空着也是空着,闲着也是闲着!

姑爷说完这番话就回家干活去了。姑爷走了工夫不大,那个人就悄悄地来了。

郑春老汉断定他不是什么领导干部:一是姑爷的话说得很明白很透彻,没有电话通知上边就不会来人;二是这个人太平常太一般,黑且不说,肚子扁扁的,脑门儿窄窄的,眼睛不大,嗓门儿不亮,没威严,没架势,抬手动脚很随便,很像他们村那个放牛的二愣。这样一想郑春就笑了,就问那个人:兄弟,你是温泉村的人吗?

那个人回答:不是,我是回家,从这儿路过。

郑春说:兄弟,我看出来了,你在家是个放牛的。我们村的人说,放牛汉,去放牛,前边拽着牛尾巴,身后背着葫芦头——那葫芦头里装的是开水,准备上山以后渴了时喝!

那个人笑了:老哥,您怎么看出来我是一个放牛的?

老汉说:因为我是一个放羊的。我们村的人说,放羊汉,绕山转,喝凉水,啃羊蛋!

那个人嘻嘻哈哈,一通大笑。那个人说:老哥,看起来您这放羊的还不如我这放牛的呀,我喝的是开水,您喝的是凉水!

池水柔爽,气氛热烈,郑春老汉觉得舒畅开心,没有隔阂,就往那个人跟前凑了凑,想和人家探讨一些放牛放羊的问题。不料那个人说:老哥,你看,你个头不小,脚板可不如我的大!他说:兄弟,你看,你个头不小,胳膊可没有我的粗!那个人说:你肚子比我大!他说:你腿比我长!那个人说:好像你比我长得还黑!他说:不对,你比我长得更黑!那个人拍拍他的肩膀:老哥,咱俩别比啦,进了这个门,就是一家人,他们这里没有搓澡的,劳驾你给我搓搓吧!他说:行,你在池子边上躺好,我先搓你的胸脯后搓你的脊背,保证让你满意;我给你搓了你再给我搓,也是这个程序!

他给那个人搓澡时,人家身上没有泥;人家给他搓澡时,搓出许多泥茧来。

洗完了澡,他们手拉着手到外间屋里穿衣服。那个人把西服一穿,把领带一打,光彩焕发,精神抖擞,也不那么黑了,也不那么瘦了,一举手一投足都显得很威风了;更让郑春老汉吃惊的是,他们走到院里时,一位年轻的小伙子立刻给那个人捧上茶杯,而且毕恭毕敬地给他拉开了小轿车的车门!

郑春老汉看傻了,看呆了。那个人向他挥手告别时,又有风度,又有力度,一副指点江山的样子,再也不像一个放牛的了!

后来郑春老汉才知道,那个和他一起洗澡的人是县政府的马县长。马县长那天回家路过温泉村时,临时决定洗个温泉澡,他谁也没有惊动,让司机把车停好,就径直走进了那个小池子。

郑春老汉觉得这是缘分,他很珍惜这次奇遇。有一天他怀着十分激动和兴奋的心情,特地来到县政府看望马县长。他觉得马县长挺好,有许多心里话想和他说:比如在洗澡池子里他根本没有看出来他就是县长,比如两个人像兄弟一样比了谁的脚板大,比了谁的胳膊粗等等。可是当他在马县长的办公室见到马县长,并且有声有色地叙说了那天的事情后,马县长盯着他的脸,很严肃地问道:老同志,这事可不能开玩笑,有这样的事情吗?

他说:有啊,你躺在池子里和我一模一样,我还说你是一个放牛的……

马县长说:奇怪奇怪,既然有,我怎么想不起来了?

变味儿

赵 新

　　何记增是在那座陌生的城市认识郑记增的。何记增从冀西山区来，郑记增从豫中平原来。两个四十五岁的出门打工的汉子走到了同一个工地，又鬼使神差地住进了同一个工棚。初来乍到，何记增牢牢地记着媳妇儿"出门在外，多多忍耐；闲事少管，落个自在"的嘱咐，对谁都是不冷不热，不好不坏；该起就起，该睡就睡，该干活就老老实实地干活。不知从哪天起，那个名字叫做郑记增的人引起了他的注意。那汉子个头不高，身体精壮，那颗光头又明又亮，能照花人的眼睛。何记增还注意到，这位小个头的郑记增的脸上时时刻刻挂着微笑，时时刻刻热情洋溢，时时刻刻都在忙活：他跑来跑去给工友们打洗脸水、洗脚水；帮助工友们打饭打菜，刷洗碗筷；他打扫工棚，整理内务，清扫院落；他还带着针线，不管谁的衣服破了，他拉住人家就给缝缝补补，那双粗糙坚硬的手很灵巧，竟能飞针走线，活儿干得跟女人一样漂亮！有了这么个人，工棚里就有了家的气息、家的温暖，就有了亲情友情、其乐融融的感觉了。

　　大家都很喜欢郑记增，经常抚摩着他的光头称呼他"灯泡"；何记增却和他保持着一定的距离，保持着心灵深处的冷漠。何记增想，都是出门打工的男人，都是风吹雨打累死累活，"灯泡"为什么表现得这样真诚殷勤、这样友好热情呢？他一定有求于人，有求于我……

　　有了这种想法之后，何记增就特别关注郑记增的一言一行，留心他和工友们表面上说些什么、背地里做些什么，等着有朝一日抓住他的"把柄"。然而等着等着，郑记增出事了。那天高高的脚手架上掉下来的一摞红砖，眼看就要砸在何记增的身上，站在旁边的郑记增迅猛地推开了站在他面前的何记增。他自己却受了重伤，被砸昏在那里！

何记增跑到医院,伏在郑记增的病床上,号啕大哭。

郑记增很吃力地说:何大哥,我没事,我这不是做过手术了么?

何记增呜呜咽咽地说:兄弟,你这是救了我一条命,救了我一个家! 你要不猛地推那一把,挨砸的是我,我那时候恰恰没戴安全帽!

郑记增说:我这不是应该的么? 咱能走到一起,这是缘分;你叫何记增,我叫郑记增,这是缘分! 缘分加缘分,咱就是亲弟兄了。亲弟兄还分什么你和我呢?

何记增要给郑记增留些医药费,郑记增不要;何记增要给郑记增买些营养品,郑记增不让;何记增要求留在医院伺候郑记增几天,郑记增不留。何记增跪在地上说:兄弟,这不要那不让,你这不是难为我么? 你叫我怎么报答你的救命之恩?

郑记增说:大哥,你这不是难为我么? 你不要小看了我,兄弟嘛,就该这样。

话说到这里,何记增从心里感到自己错了。从前错了,现在也错了!

郑记增从医院回到工地以后,一如既往地热情洋溢,满脸微笑;一如既往地跑前跑后,为工友们忙忙活活;一如既往地整理内务,清扫院落;一如既往地缝缝补补,干出一手很漂亮的针线活。而何记增却在暗暗落泪:他从工友们的嘴里知道了底细,郑记增的女人已经在十八年前因病去世。现在家里有三口人,一位是年逾古稀白发苍苍的母亲,一位是正在读大学二年级的女儿。

何记增想,郑记增啊郑记增,风风雨雨十八年,你是怎么熬过来的呢? 你是个顶天立地的男人,让人敬佩!

那天晚饭之后,何记增特地把郑记增约了出来,坐在一个远离工地的小公园里。

何记增开门见山地说:大哥,我要给你介绍一个女人。这个女人是我的表妹,在我老家种地,三十八岁,带着一个十岁的男孩儿。

郑记增感到十分突然:兄弟,你让我想想,你让我有个思想准备……

何记增说:你不用想,你不用准备,我说行就行! 我这个表妹善良贤惠,泼辣能干。和你成为夫妻,是她的福气,也是你的福气,再般配不过! 大哥,你还不相信我吗?

郑记增说:兄弟,你让我怎么感谢你? 咱们两个一个河南一个河北……

何记增说:我的命都是你给的,你还感谢我? 我要是女人,早嫁给你啦!

郑记增要请何记增吃顿饭,何记增不去;郑记增要给何记增买两条香烟,何记增不让。何记增说:大哥,你不要小看了我,兄弟嘛,就该这样。我马上安排你们见面,让你看看我这个表妹到底可以不可以。

半年之后,郑记增高高兴兴回家成亲去了,何记增高高兴兴回家过年去了。媳妇问何记增:你给那个姓郑的办这么大的事,他给了咱多少钱?他救了你一条命,咱给了他一个家,他也没有表示表示?

何记增打个愣怔:哦?

媳妇儿说:他用一个换了咱们两个,他便宜占大了!

何记增疑惑了:媳妇儿,这账能这样算么?

媳妇儿说:咋不能这样算?他们要再生个娃儿,不就换了咱们三个?要生对双胞胎,不就换了咱们四个?

这个年何记增没有过好,老是抽烟,老是睡不着觉,老是考虑那"三个""四个"的问题。有天晚上吃饭的时候,他和媳妇儿说:你给我准备准备,明天我到河南去一趟,看看郑记增去!

媳妇儿笑了:你去跟他要钱?你不用张嘴要,就说咱们家要盖新房,看他怎么着!

何记增说:我告诉你,我是想他,我是非常想他!这盘菜是哪天做的?怎么酸了,变味儿了?

错的是一味地行走

李代金

　　他所在的公司一天不如一天，随时都有关门的可能。他想走，可是又舍不得这份工作。他对这家公司已非常熟悉，对这份工作也已非常熟悉，他工作起来得心应手。他希望公司柳暗花明，他希望自己能赢得老板的注意，他希望在这家公司发挥自己的才能，拥有灿烂的人生。

　　可是，公司真的是一天不如一天，老板也不得不一再地裁人。他很担心，有一天，老板会突然裁掉他。他真的舍不得这份工作。

　　他的愁眉苦脸被父亲察觉，父亲问他发生什么事了，他把自己的苦恼告诉父亲，问父亲自己该怎么办。父亲笑笑，父亲告诉他说南美洲有一种奇特的植物，叫卷柏，它会走。卷柏的生存需要充足的水分，当它脚下的土壤水分不足时，它就会把根从土壤里拔出来，让整个身体缩卷成一个圆球。由于体轻，只要有一点儿风，它就会随风移动。当它移到水分充足的地方，就会把圆球迅速展开，把根重新钻到土壤里，安居下来。当水分再一次不足时，它又会继续寻找充足的水源。他听了，笑着告诉父亲说他知道自己该怎么做了。

　　一棵树，都知道在水分不充足的地方拔根而行，他所在的公司，就像是一块水分不充足的土壤，他只有离开，才能拥有自己的舞台，才能发挥自己的才能，才能拥有灿烂的人生。

　　第二天，他毫不犹豫地交了辞职书，尽管老板留他，他也坚决地要离开。

　　他去了一家新的很有实力的公司，他也得到了一个不错的职位。开始的时候，他努力工作，希望自己在这里拥有一片灿烂的阳光，拥有辉煌。可工作一段时间后，他感到这块土壤缺少水分，他想自己应该离开这里，于是他向公司提交了辞职书。由于他干得挺不错，经理一再挽留，但最终还是没能留住他。他坚决地要离开,他要去寻找水分充足的土壤。

他再次进入一家新的公司,这家公司比上次那家更具实力,更具前景,可是他只工作了半年,又辞职了。公司留他,但没能留住。

后来,他频繁地跳槽,在短短的五年时间里,他就先后在八家公司工作过。尽管每一家公司都很有实力,都很有前景,尽管他的职位也都很不错,但他总是认为水分不足,阳光不足。他毫不犹豫地离开,无论公司怎么挽留都留不住他。

有一天,他遇到一位三年前在同一家公司上班的同事,当相互问及对方的情况,他吃了一惊,同事一直没有离开原来的那家公司,现在同事已经成为那家公司的经理。同事说他很欣赏他的能力,希望他能回公司。他没有及时答应,说回家考虑考虑。

以前,同事的能力不及他,可是仅仅三年的时间,同事的职位就超越了他,待遇也超越了他。同事的前途,一片光明;人生,一片灿烂。而他,在新的公司里职位一般,待遇也一般,前途也很渺茫。并且,才干了三个月的他,又有了跳槽的想法。

回到家里,他在想,他是不是真的要离开这家公司,回到原来的那家公司去。直到吃饭的时候,他还在思考。当父亲问及他怎么了,他就把自己的事说了出来,让父亲提提意见。父亲听了还是告诉他卷柏的事,父亲说卷柏是会不停地行走,是知道寻找水分充足的土壤,可正是由于它一直在行走,一直在寻找,所以,它无法把根深深地扎入土壤,所以,它永远无法长大。行走没有错,错的是一味地行走。如果把卷柏圈住,它无法行走,最后,它只能把根深深地扎进泥土里。这样一来,它同样能得到充足的水分,最终,它就会长得比以往任何时候都好。

他恍然大悟。他一直在跳槽,一直以为充足的水分在别处,而忽略了脚下深处同样有充足的水分。正因为他不停地跳槽,不停地寻找,没有把根扎下,最终让自己的才能没有真正地发挥,以致自己没有真正的辉煌与成就。而不如他的同事,正因为深深地把根扎入脚下的土壤,最终才长成参天大树,拥有一片灿烂的阳光。

幸福大道

符浩勇

她的宝马缓缓地逆向驶入了单行路段,像一条游走在岸上的鱼。

她不担心警察来追她。这个时候,警察还没上班。这个城市里的多数人正将自己蜷缩在钢筋混泥土浇筑的格子楼里,享受着夏日的正午时光。而逆向行驶单行路段,又奈她何?对她来说,什么都缺,独不差钱。

没有了车鸣人喧,这条路段显得闹中幽静。路的两侧,高大的棕树将自己伸展成一把把撑天大伞,遮天蔽日。在它的庇护下,来往的行人一改行色匆匆的步履,赶路的脸上多了几分休闲与自在。她的宝马也仅快于行人的速度。

在她的视线里,一帮光着膀子的人,驮着大蛇皮袋子,很小心地避让着拥挤的人流,正在横穿马路,满身灰黑的汗水在夏日毒烈的阳光下熠熠发光。他们千里迢迢风尘仆仆地来到这里,仿佛要在这拥挤的城市里觅出一条路来,仿佛只要穿越了大街就能抵达他们幸福的彼岸。

就在前方几步远,她的目光越过棕树下渲染幸福爱情的年轻男女,定格在路旁。

一对中年男女正在小憩。他们席地而坐,背靠一辆破旧的三轮车。刚才已经有很多辆三轮车从她的宝马身边经过,她不知道这是其中的哪一辆,它们看上去几乎是一模一样的,连蹬三轮车的人也几乎全都是一模一样的,粗壮,结实,有着强大的骨骼,脖子上都缠着一条被汗水浸得发黄的毛巾。只有他们,能够把一辆装满了煤球的三轮车蹬得轰轰烈烈,让人感到有一阵风猛烈地从身上扫过。而这时候,背靠三轮车的女人的睡相很美,将头斜侧地倚在男人的肩上,男人也许是想让女人睡得更舒服些,也许是怕惊醒了女人,男人同样斜侧的姿势,看上去睡得并不舒服。

忽起一阵风将女人的一缕头发吹拂到了男人的脸上。男人醒了，他瞧瞧熟睡的女人，将秀发拢到女人的耳后。男人的目光停留在女人的头上，或许是一块草屑，或许是一只小虫，男人小心翼翼地将其摘下，轻轻地弹到一边，还好，女人仍在酣睡，男人复又轻轻地闭上眼睛。

此时，她的眼里已经浮上了泪水，她轻轻地将眼睛闭上，等到再张开的时候，隐忍了太久的泪水肆无忌惮地潸然而下。她感受到了幸福，不！看到了幸福，她曾想要的幸福原本就是这个样子，但它不属于她，竟在一对从乡下进城的拾荒者的身上。

她能感受到行人洒在宝马车上的羡慕眼光，但他们不明白，她的宝马敌不过路旁男人一个抬手的动作。

一对老人迎面走来，都已是花甲之年，都已是鬓发花白，他们手牵着手，气定神逸，一脸慈祥地向前迈着步子，与她的宝马擦肩而过，男的搀扶了一下女的，随后不知说了什么，一抹淡笑便在另一嘴角荡漾开来。

她的心再次被灼伤，泪水汹涌而下，恸哭失声。她泪眼中终于看到了一幅人间最美的图画——执子之手，与子偕老。

她记得每次在这条街上走过，三两个卖花的小女孩，忽然就从各个方向围了过来，那一张张尖瘦的小脸都脏得跟猴儿似的，一双双黑幽幽的眼睛也被风吹得眼泪汪汪。她知道在她们的后面。一个形迹可疑的男人此时正混在其中，朝这边张望。而她已经被鲜花包围了。全都是没有根，修剪得很整齐的花，用保鲜膜包着，散发出短暂而恍惚的花香。面对这些最无辜最弱小的生命，她感到这是她最软弱的时候。她买了。每次都买了。而今她买花送给谁呢？

就在几个小时前，她离婚了，那个承诺给她一辈子幸福的男人，将幸福廉价出卖给了另外一个风骚的女人，飞到了大洋彼岸。

她轻轻地将车窗落下，阳光顷刻洒了进来。她买下三朵百合花，分别送给街边一个擦皮鞋的女人，一对卖唱的盲人夫妇，一个忧郁的流浪歌手，这些花不贵，她想让她们的眼珠子闪放出一丝幸福的亮光。

她的宝马缓缓地出了单行路，她驶上了一条洒满阳光的大道。

善良的蝶

许·锋

坏人想善良一下。他筹划了一个晚上，终于成功地把善良劫持到了山上。

善良如一个未经世事的小丫头，恐惧得瞪大眼睛。她头上的一朵栀子花，散发着迷人的香味儿。坏人在善良周围走来走去，贪婪地嗅着善良的香味儿，他因为昨晚谋划抢劫，没睡好，打了一个哈欠，眼角挤出两滴泪水。坏人用袖子擦去泪水，对善良说，你放心，我不会伤害你，我干了五十多年强盗，从不知什么是善良，我只想善良一回，就一回，干我们这行的，除了便宜货，什么都想试试，都想抢。有时连便宜货也抢，因为抢之前，我不知道那东西值不值钱。

善良一言不发。

坏人有些沉不住气，但面部仍保持着僵硬的微笑。他从善良的头上拔下栀子花，拿到鼻子前使劲嗅了嗅，插匕首似的插到自己上衣口袋里，说，这花，是香，我听说，善良也像花一样香，可我怎么就闻不到呢？

善良的眼睛始终望着天空。坏人把善良劫持到山间的一块石头上。善良坐着，坏人站着。坏人的背后是山，而善良的背后，却是山涧。正是浪漫的夏天，漫山遍野都是细碎的小花儿，野花。彩蝶飞舞，居然有掌心那么大的蝶，纯黑的，纯白的，纯黄的，也有五颜六色的，真好看，它们戏谑地在坏人面前飞舞。而脚下深邃的山涧中，湍急的水声不时传来，为寂静的幽谷带来很多活力。

坏人的耐性正一点点地被消磨掉。他脸上的肌肉正逐渐恢复狰狞的原状。他对善良下了最后通牒，我的耐性是有限的，我再给你三分钟时间，如果你不能让我学会善良，我就对你不客气了。

善良看都不看坏人一眼，开始满心欢喜地看翩跹的蝶，目光中的宁静与平和与幽谷融为一体。乃至她的身体，都极像一棵栀子树，树上开满了淡黄的栀子花，那香，让所有的生息都沉寂了。

坏人恼羞成怒，拔出匕首，准备扼杀善良。这时，翩跹的蝶骤然增多，一层层，一浪浪地生出来，拔山倒树一般包围了坏人，牢牢地固定了坏人的肢体，包括握匕首的姿势。坏人惊恐地瞪大眼睛，狰狞的面部古怪得吓人。坏人几乎窒息，挣扎着对善良说，你放过我，我给你钱。又说，我把全部的家当都给你。又说，我宁可去当一个乞丐，农民，为你当牛做马。

善良分开蝶群，从坏人手里轻而易举地拿到匕首，在坏人面前晃了晃——坏人声嘶力竭地喊，不要杀我。善良握紧匕首，使劲冲坏人的肚子戳去——在刀尖儿刚抵至肚皮表层时，坏人已发出惨烈的叫声，山谷里所有的生命都听到了那毛骨悚然的声音。

善良微微一笑，猛地收手，将匕首奋力抛下山涧。幽静的峡谷中仍然是湍急的水声。蝶儿呼啦散去，漫山遍野像集市似的热闹。

坏人软塌塌地倚在山体上。他也看到了蝶，感觉到了山风，听到了水声。他的目光，前所未有的宁静。他想起几次抢劫时，面对被抢劫者的告饶，哀求，却无一例外地将匕首狠狠地扎下去。

坏人猛然轻松起来。再看自己时，身体已消解得踪迹全无。

他成为一只蝶，黑色的蝶。他每天都追逐着善良，不离不弃。乃至在他生命逝去前，他最想听听善良的声音，可是，他不知道，善良又被另一个强盗劫持了。

每天，罪恶都像雨后春笋般地生长，而善良，越来越像稀缺资源。但凡善良抵达的地方，往往都能鲜花盛开，水声潺潺。这是生活唯一可爱之处。

大钟馗

红 酒

相思古镇有多少年历史没人说得清，它像一艘斑驳的古船在风雨飘摇中不动声色地前行。

古镇人喜欢木版年画，说不清从哪朝哪代开始。镇子上的老人们说，木版年画有多少年，咱古镇就存在了多少年。真搞不清是先有年画制作还是先有古镇存在。

据沈家的家谱记载，明朝末年，沈全的老祖宗们就已经在古镇上讨生活了。那时的沈家单门独户，苦苦守着木版年画这份手艺。许多年过去了，沈家老祖宗开枝散叶，自然人丁兴旺，能人辈出。木版年画到了沈全这辈儿，手艺越发精湛，且有了自己的名号"全成"。

沈全内向得近乎于木讷，有人说他一天说不了三句话，沈全的媳妇儿连连摆手说不对不对他是三天说不了一句话。沈全也不是不会说，他是不说废话。他把该说的话该做的事该有的心眼儿都聚集在他的木版画里了。"全成"老店刻印出的秦琼敬德双门神、刘海戏金蟾、五子登科、三娘教子、抱花瓶，线条流畅，色彩炫丽，栩栩如生。沈全最拿手的绝活儿是他自个儿设计、绘画、雕刻、套印的新版年画"大钟馗"，跟镇子上其他人家传统绘制出来的"钟馗打鬼图"有着太大的区别。

传说开元年间，唐玄宗病中梦到终南山的钟馗为报高祖赐绿袍厚葬之恩，誓替大唐除尽妖魅，画家吴道子按玄宗梦中所见画了一幅《钟馗打鬼图》。自从有了这幅图，世人才知道了打鬼人的模样：蓬发虬髯，面目凶猛。绿袍在身，单臂坦露。除妖降怪，神武盖世。所以，所有年画中的钟馗都是怒目圆睁，面目可怖。可是，"全成"字号的钟馗却是另外一种面孔。

沈全是个爱动心思的精巧人，他根据坊间传说，仔仔细细研究了钟馗这个人物的性格特点后,就把自己反锁在屋内,几天几夜过去了,沈全红着眼睛拿出了一幅与众不同的钟馗来。

新版钟馗只有半身,朱红、茄紫、藤黄、油绿套色印出。钟馗头戴长方鱼鳞盔,一左一右的帽翅像两个沾满墨汁的羊毫。绿眉毛绿鼻子紫脸膛,四色虬髯,阔口大耳,两颗长长的獠牙,左手一卷书,上写大吉大利。右手执笔,落墨之处,有"大钟馗"的字样。

真是奇怪了,钟馗打鬼没斩妖剑,眼睛不小却没凶猛之光,沈全的新版大钟馗面目威严不失清雅,不似凶猛捉鬼判官倒像点化劝诫之神。镇子上有人就说了,瞎胡闹,这叫什么大钟馗?抱着书拿杆笔,跟妖魔鬼怪说理去?

沈全自有沈全的道理,他说世人皆知钟馗的神武,可他毕竟也是个读书人,他"因赴长安应武举不第,羞归故里,触殿前阶石而死",可见他性子刚烈,把功名看得很重。话说回来,他若是武举得中,荣归故里,人间的妖魔鬼怪也就无人捉了。刚烈性子成就了钟馗,可也把他毁了,真说不清钟馗的存在对人对鬼是好事还是坏事。

古镇上最有权威的沈家老爷子发话了,他说:沈全不拘泥于传统人物的外部形态,属于创新之作,他的大钟馗,有颠覆传统之意趣。若是静心观看,倒也气韵生动,清正神武,用意颇深哪。

说来也怪,虽然"全成"字号的大钟馗面目温和,却受到不少人的认可和推崇。沈全也有头脑,想打造名牌,所以新版大钟馗一上架就价格不菲,销路出奇的好。渐渐地,取代了凶狠可怖的钟馗老版年画。标有"全成"字号的大钟馗不光在国内热销,还远及法兰西英格兰美利坚。有个蓝眼睛黄头发的外国小伙儿来沈全店里进货,不叫沈老板,直接就把沈全叫成"大钟馗"了。沈全也不推辞,叫着叫着就叫响了。

古镇上商铺林立,经营木刻年画的也占多数。想当初,沈家祖上来此地落脚,单门独姓,人寡势薄。这么多年过去了,沈姓一族犹如枝叶繁茂的大树,枝枝蔓蔓后人不少。沈全有个早已出了五服的叔伯兄弟叫沈金,也经营着一家年画店,眼热沈全的新版大钟馗,就动了歪主意,比葫芦画瓢也制成个大钟馗的新版,字号标上"金成",抢先注册后倒回来状告"全成"侵权。

沈全接到传票后惊呆了,被人叫了许多年"大钟馗",没想到这次却实实在在地被鬼打了。更让他伤心欲绝的是,这个鬼不是别人,是自己本家的叔伯弟弟,他血管里也流着和沈全一模一样的血,供奉的是同一个老祖宗呀。

这一次,沈全像当初创作新版"大钟馗"时一样,把自己关在屋内苦思冥

想了几天几夜,决定应下这场官司,不为别的,"大钟馗"不是徒有其名,他要替自己捉一次鬼,还自己一个公道!

真的假不了,假的真不了,在大量确凿的证据下,真假"大钟馗"一案水落石出,沈金抢注无效,沈全胜诉。新版大钟馗属于沈全的专利,这是个不争的事实,除了沈全,谁也不能据为己有。

尘埃落定,沈全却平静如水,作出了一个出乎大家意外的决定,他说他要把"大钟馗"底版上的"全成"字号去掉,古镇上的木版年画店谁愿意卖新版"大钟馗",他都会亲手刻制底版,分文不取送给谁家。还说"大钟馗"不分字号,是咱相思古镇的"大钟馗"。年画这门手艺也不属于咱自己的私人财产,到了法兰西英格兰美利坚了,人家老外能说这是"全成""金成"的?人家说这"大钟馗"是 China——中国的!

三天说不了一句话的沈全一气儿说出这些话后,古镇上的人都惊呆了,接着,老少爷们儿全拍起了巴掌。这番话沈金也听见了,他一言不发,转身走了。

两天后,沈金捧着一卷画轴来到了沈全家,进了门,亲亲热热叫了一声哥,接着打开了画轴。也是一幅木刻年画,两个童子造型,笑态可掬,悠然自得,一人手持荷花,一人手捧圆盒,盒中有几只蝙蝠飞出。

沈全当然认得,这幅画有名儿,叫"和合二仙"。

有了和合二仙,"大钟馗"从此无鬼可打。

Armani 是一种生活方式

红 酒

　　大刚在穿着方面只认意大利的品牌 Armani，说穿出随意和优雅才是自己一直寻求的风格，Armani 细腻的质感和简洁的线条跟自己骨子里的气质不谋而合，能在不经意间彰显出自己洒脱奔放的个性特征。

　　和大刚光屁股一起长大的朋友亮子就没这么多穷讲究——啥名牌？狗屁！大刚你是摆谱哇。说到底，也就是长得帅点，装束自然要跟上，否则很对不起自个儿不是？

　　大刚佩服的是设计师乔治·阿玛尼，据说这个意大利佛罗伦萨人的财富按美金计算有五十多个亿，可他在生活上克己节俭，对他人慷慨异常，多年来一直奔波在世界各国的穷苦人群中。大刚说这才是 Armani 服装的内在品质和独特魅力。大刚说的时候，眼睛会放射出一种光芒。

　　专门从事民居装修设计的大刚有自己的公司。大刚在设计中，常常有不同寻常的创意，不起眼的茅草、树枝、竹子、树皮甚至粗糙弯曲的木桩都能化腐朽为神奇，恰到好处地运用到他的设计方案和具体操作中。

　　如今城里人渴望回归自然，却无暇与大自然交流。大刚说他的设计作品面向的就是这个群体，即便是不能朝饮木兰之坠露，夕餐落英之缤纷，可保准不耽误你心向明月林间、清泉石上。

　　喜欢穿 Armani 名牌服装的大刚有个怪癖，每接一单，就把自己关在一处与世隔绝的地方，像个独行侠，一关就是十天半月，拿不出设计绝不返城。大刚这次要把自己丢在一个叫作画眉谷的地方。亮子开车送他来时，车一靠近画眉谷就无路可走了。亮子说这个鬼地方，当心狼叼了你。

　　画眉谷有二三十户人家，巴掌大小，村口有人打喷嚏，村尾梨树下闭目打盹儿的花狗能吓一跳。这些年，青壮男子都外出打工了，老弱病残女人孩

童留守。大刚一踏进画眉谷,小村子突然就活泛了。

女人们的头发倏地光溜儿了,身上还有股香皂味儿。出来进去,香风四溢。村边有条河,女人们端一盆衣服,腋下夹根洗衣棒槌,张狂地从他借住的那家门前过,嗓门儿也放高了许多。

山里人家的粗茶淡饭总不合大刚口味,大刚压根儿也不会亏待自己,在谁家看中只芦花大公鸡,丢下五十元,说麻烦大嫂帮我做吧。捉只鸡跑十几里山路到镇上也卖不到二十块,大刚出手阔绰,气度不凡,女人就是倒贴也乐意,可这怎么会是倒贴呢?于是,女人就细心地杀,格外地尽心尽意。做好后,连锅一起给他端去。不走,倚在门边,看他美美地吃,脸红红的,眼波流转,盈盈含笑,比自己吃还高兴。

想吃狗肉就留二百块钱。妇道人家杀鸡可以,却不敢收拾狗,唤来村里的跛子老三帮忙,炖上一大锅。大刚就让房东大爷招呼半村人来吃肉喝酒,整个画眉谷过年似的热闹。

村里的孩子们在他房边怯生生地玩耍,大刚童心萌发像个孩子王,跟一群淌着鼻涕的顽皮小子们玩老鹰捉小鸡。累了,靠着高高的麦秸垛打盹儿。饿了,带到镇上,由着孩子们的性子,想吃什么任意点,他只管付账。那些天,隔三差五总见大刚老母鸡护鸡雏样带群孩子兴高采烈地走出画眉谷。

山里人不认名牌,更分不出一线二线男装品牌来。女人们做着针线活儿,嘴可不闲着,说大刚你算是有钱人了,穿得可不咋着。大刚笑笑,不说话。大刚要说出自己身上那件褐灰休闲装的价格,能吓人一跟头。

更多的时候,大刚静静地坐在村边的溪水旁,看青山悠悠溪水涟涟,一坐就是一天。

山村的夜晚格外静谧,月亮悄悄爬上了树梢,这个时候,大刚灵感突现,埋头做着他的设计。

设计进展顺利,明儿就要回城了,大刚望着房东家西厢房前的那株香椿树,一阵不舍涌上心头。这里虽然贫瘠落后,可山里人家简单坦率,没那么多花花肠子。大刚想把这里当成自己的创作工作室,以后有项目,就远离尘嚣躲这儿设计好了。

亮子是在大刚设计完成的次日傍晚见到他的。在此之前通过话,大刚说了个碰面的地点,特意嘱咐亮子一定多带些钱。

亮子提前一刻钟来到大刚说的地点,末班车人都走光了也没见到大刚。正纳闷儿,忽见一蓬头垢面衣衫褴褛人迎面走来。定神细瞅,居然是大刚。

行为艺术？也太夸张了吧大刚！亮子一声惊叫险些把狼招来。

也就是在大刚设计完成的那天深夜，几个蒙面人闯进来把大刚所有的钱财衣物洗劫一空，连袜子都没给他留下。

大刚死命拦住房东没让声张，只说找件衣服。房东大爷流着泪在墙角的白茬木箱内找出个花布包袱抱到大刚面前，打开来，是件破旧不堪的军大衣和一双前后有洞精心补过的胶鞋。

回来不久，大刚不顾亮子反对又去了画眉谷，拉了满满一卡车衣物，却把那破衣烂鞋留下了。大刚要做个纪念。

亮子还会时不时地跟大刚探讨有关服装的问题，说那 Armani 服装真看不出有多好。

大刚说顶级设计师乔治·阿玛尼的设计是对美的最佳阐释，淋漓尽致地表达了一种自我感受和自我情绪。说到底，Armani 代表的是一种生活方式。

大刚说出这样一番话的时候，亮子当胸捶了他一拳，说：这是哪本时装杂志上的话吧？

穿越部落

红·酒

我清楚地记得,那毛驴子脑门上有朵红灿灿的花。

麦田里,他骑着戴花的小毛驴跑得一溜烟儿。

我只能看到他身着青衫的背影,同时发现毛驴的尾巴梢也有花,那点刺眼的红忽左忽右飘浮不定。正是因了这红,我才不至于跟丢。没想到,驴尾巴这会儿像盏航海灯。

我紧跟着喊,青衫不应。我望着起伏不定的麦田,无助地大哭。

天的颜色不再蔚蓝,朵朵白云早已不知去向。天和麦子的颜色一样,焦黄焦黄的。突然那麦子噌噌地长,树样的高大。平日深扎在泥土里的麦根蓦地变得粗大蜿蜒,如原始森林里的千年榕树根,盘根错节,沧桑得近乎于狰狞。

我在麦田里跌跌撞撞毫无方向地奔跑,死活跑不出来。不是被树根绊住了脚,就是被低垂的麦叶划破了脸。血珠从面颊滚落在手臂上,枯叶上,斑斑点点,疼痛的感觉起起伏伏像潮水,我似乎并不在乎,享受着能令人产生快感的疼痛。

焦黄色的天令人恐惧之极。我好像大声呼叫了,也好像没呼叫,或许是我压根儿就不敢呼叫,这个荒凉诡异人迹罕至的地方,千年树妖和戴着尖顶帽的女巫没准儿就在前面拐角处或者岔路口,冷笑着等我落入她的魔掌。

绝望中,有个声音在耳边急切地催促:走,还不快走!我惊恐地向后看了一眼,不敢耽搁,猛然跳起,抓住一片麦叶使劲一荡,居然把自己像根羽毛似的荡了出去。

清澈的小溪旁,我终于可以气定神闲地环顾四周了。陡峭的山壁,许多人在徒手攀岩。望着几乎直上直下的峭壁,我纵身一跃,像只壁虎似的手脚并用噌噌向上爬。我的眼睛只能看到褐色的山壁,喷出的热气呼呼地又反射回来,湿漉漉的土腥味令人极其不爽。

将到峰顶时,意想不到的事情发生了,我紧抓的两块石头开始松动,裂缝一点点加大,我惊恐地瞪大了眼。突然,身边一黑衣人惨叫着摔了下去,"砰"一声闷响,黑衣人半边身子已浸在水里,鲜血深浅不一层层洇开,我不敢再看,绝望地闭上眼睛,我想,要不了多久,我也是这个声音,这个姿态,也会把溪水染成重重的玫瑰色。

先前那个声音又出现了,还不时地附我耳边低语:来呀,来……那声音急急切切没有温度,跟在麦田里判若两人。我明白,死神到了,他在召唤。这一刻,我万念俱灰。

死亡原来这样可怕。而我面对死亡又是如此胆怯,在此之前,我从来没有正视过自己,还以为我是个有着铮铮铁骨的斗士。我开始有了几分羞愧。

石头的裂缝越来越大,情急当中,我发现那头戴花的驴神色安然地出现在峰顶,驴尾巴一甩一甩的指着右面不远处一条通往山顶的青石板路。看来,绝路逢生是上天的安排,我喜极而泣。

我哆嗦着将脚踏在另一块儿凸出的石头上,艰难地转过身,抓住了一簇根植于岩石之中大得出奇的蒲公英。它朴实无华却傲然挺立,仿佛生长了百年千年,它是这道峭壁上所有野花野草的王。

想不到我真的身轻如燕啊,那株蒲公英慷慨地用它伞样的种子将我轻盈地送到了一处从未到过的地方。这里骤雨初歇,天空依然黑压压的。我走在一条泥泞小路上,左边是奇山怪峰,细瀑如练,右面是漫漫平川,小溪潺潺。忽见道边灌木丛中有黑黑的大鲵,一条,两条,三条……胖胖的身躯不停地扭动。我好生奇怪,草丛里的大鲵不好好的待在洞穴和暗河中,到灌木丛中看什么风景?

我想动手把它们放归溪流,可巧就有几个牧童骑着水牛来了,他们一遍又一遍快乐地唱着"水牛儿,水牛儿,先出犄角后出头"的歌谣,我忍不住童心大发,和他们一起拍着手又蹦又跳,险些儿忘了大鲵的事。

有三五人沿着清清的溪水逆流而上,我脱离了他们,独自欣赏一处天然景色。水面宽阔,波光闪闪,里面有凶猛的鱼还有庞大无比的乌龟。我挽起裤脚下去走走,那鱼张开大嘴直冲过来,乌龟也伸长脖子,划动着四脚快速游来,吓得我赶紧跟跄着后退上岸,惊魂未定。

恍惚到了一处芦苇茂密之地。我一直对颜色青苍的芦苇有着特殊的喜

爱,它从不认为大自然薄待了它们,尽管纤细的身躯不可落雀,柔柔细风也能让芦苇低头,可芦苇懂得理解和包容、平衡与折中,仿佛它生来就不会抱怨。氤氲雾气中,拉封丹老人家用低缓的法语在讲一个古老的寓言故事……

触景能生情,我想起了《诗经·国风·秦风》中的诗句:蒹葭苍苍,白露为霜。所谓伊人,在水一方……莫非这个地方就是秦地?我听到了两千五百多年前的歌声,由远至近。就在悦耳动听的秦地歌声中,我开始寻找伊人风姿绰约的身影,她忽而在水一方,忽而在水中央。

寻寻觅觅,难以得见,却在芦苇深处意外的发现个狐狸窝。我想都没想,抢起木棍,打死了那只火红的母狐狸,我要亲手剥下它的皮做个漂亮的围脖,然后戴着它去参加派对,我想让所有爱美的女人都嫉妒得发狂。盼望得到个狐狸皮围脖是在我十周岁那年萌生的,这个奢望缠缠绕绕困惑我了许多年。眼下这个好事来得突然,我欣喜若狂,差点儿没失心疯。

那只美丽绝伦的火红狐狸还有丈夫和儿子,它们悲恸地哀号着,愤怒地呲出白森森的利齿,恨不得一口吞了我。我胆怯了,无论如何也不敢面对它们仇恨的目光。我忍痛丢下那张血淋淋的狐狸皮,落荒而逃。

我逃命的时候,穿了双水红色的绣花鞋,左脚龙右脚凤,龙腾凤翔,栩栩如生。我不辨方向,漫山遍野疯跑。两山之间搭了根陈木,像大蟒蛇的形状,我顾不得胆怯,踏着蟒蛇的身躯飞奔,转眼来到了山的这边。

风景这边独好!如雪的槐花,全长在崖边。风儿袭来,枝条柔软,像美人的腰。一道似曾相识的溪水,我又回到了先前的攀岩处,那溪水依然清澈见底,流速甚缓,有一白衣女子,面目姣好,青丝如瀑,不知是谁。她端坐水中,把斑斓的花瓣洒在溪流中,犹如美人鱼。她在歌唱,山谷间充满了飘飘渺渺穿越心灵的天籁之音。

我悄立溪旁,在歌声中,内心一片澄明!

忽然,那头脑门上有朵红灿灿的花的毛驴子嘴里衔着焦黄焦黄的麦叶朝我一头撞来,我来不及躲闪,跌落在溪流中。

猛然惊醒,浑身大汗淋漓,我再也无法入睡……

钥匙

立·夏

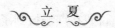

昨天,我把钥匙丢了。

谁都知道,自从上次我丢掉一把钥匙,惹了一连串的风波之后,我就和我的钥匙形影不离,我把钥匙挂在腰上,还特意把一个奥特曼的小挂件挂在上面。走路的时候,我时不时去摸摸钥匙在不在,即使是睡觉,我也得把它放在枕头边才安心。老婆说,你对奥特曼比对我还关心。其实她不知道,奥特曼是我为钥匙找的守护神,我关心的只有我的钥匙。

可是现在,钥匙不见了!

整整一天,我都处在恍恍惚惚的梦游状态。办公室的小余哼着周杰伦的歌进来,他只对上网感兴趣,对其他的事情都是一副满不在乎的模样:不就一串钥匙吗,再去配一串不就得了吗?我说:如果你回家,突然发现电脑没了,你会怎么样?他愣了愣,干笑一声,走开了。

主管发现我送上去的报表错了好几个数字,大发雷霆,把我叫过去训了一顿。我说主管,今天犯错是有原因的,因为我丢了钥匙。主管诧异地看着我:丢了钥匙跟出错有什么关系?我说:如果你今天回家,发现皮皮不见了,明天你也会出错的。皮皮是主管的心肝宝贝,一条纯种的雪纳瑞。主管恼怒地挥挥手,让我出去。

我走到昨天散过步的广场,低着头仔细地搜索着每一寸地面,我真的看到了一串钥匙,我的心快跳出来了。但那串钥匙上面没有奥特曼,它不是我的钥匙。我走完整个广场,找到了一些纸币和硬币,一个玩具,一张照片,当然还有一些钥匙,看来丢东西的人还真不少。

回家的时候天已经黑了,老婆交给我几把新钥匙,说家里的门锁都换掉了,你就别整天像丢了魂似的,丢了就丢了呗。新钥匙拿在手上别扭得很,

我对老婆说:如果明天你那些麻友突然集体失踪,你得换一批麻友,你会不会习惯呢? 我又说,如果你把儿子每天抱着睡觉的泰迪熊藏起来,答应他明天再买一个新的,你看他会不会哭。老婆把眼睛瞪得跟桂圆一样大,她重重地踩了一下脚说:疯子!

从那天晚上开始,我就睡不着了,整夜整夜睁着眼睛想我的那串钥匙,根据物质不灭定律,它们肯定还在这个世界上存在着,但它们到底在哪里呢?

我在网上发了一个帖子,说我在广场捡到了钥匙,希望丢掉钥匙的人前来认领,我还在帖子后面公布了我的电话号码。第二天我焦头烂额地接了很多电话,甚至有三年前丢了钥匙的也来找我。最后一个电话是警察打来的,说有人举报我收藏别人的钥匙,问我什么有目的。接了这个电话以后我就把手机关了。

主管对我已经束手无策,所以经理亲自召见了我。经理说,你已经因为钥匙的事严重影响了工作,公司近期正在考虑裁员的事,你可不要为了芝麻丢了西瓜。我说你现在是经理,如果你到了一个全是陌生人的地方,发现身上没有一张名片,你还是经理吗? 经理惊惧地看看我,打电话叫主管进来,嘀咕了几句。

没过多久,我老婆到了,她一脸焦虑,把我领到一个医院,医生看上去挺空闲,我进去的时候他正拿着手机按来按去。我一进门,他马上把手机放在旁边,一边问我:为什么睡不着? 你是怎么想的? 一边不时拿眼睛瞟一下手机。我说:我想,我想你还是先把短信发完再跟我说话吧。

现在,我住在一座大楼里,每天按时吃饭、按时睡觉,我住的房间不用上锁,所以我身上没有一把钥匙,有穿白大褂的人按时给我吃药,我发现他们身上也没有带钥匙,这让我觉得很轻松。那天我问隔壁房间里的人:你也丢了钥匙吗? 他本来每天乐呵呵的,一听这话,马上变了脸色,惊慌地摸着身上的口袋,不停地说:钥匙呢? 我的钥匙呢? 没有钥匙我怎么回家呀?

我冷笑了一声走开了。很多人看上去很快乐,是因为他们不知道钥匙已经丢了。

那天晚上我终于睡着了,还做了一个奇怪的梦,梦里奥特曼哭得很伤心,他面前有一大堆钥匙,但找不到他守护着的那一串钥匙了。

精神

梁小萍

老屋的红柚木桌上,西洋菜汤散着热气,这是老妈最拿手的煲汤,顷刻间走进家门的瞬间陌生和熟悉,似乎都随着清淡的气息融合了。

突然钟声敲起,心猛然一震,抬头循声望去,老屋昏暗一角老座钟的钟摆还在晃动。

我问老妈:"老座钟修好了?"

老妈说:"老什么老,座钟好好的修什么!"

老妈还是老样子,从来不说座钟是老座钟,就像我每一次回家,她还总是叫我小名。我都多大了,老妈还"小弟、小弟"的叫,有时候听着真别扭,甚至是有点难为情,可是心里又莫名有一种感动。

我说:"我怎么记得座钟原来不是不响了吗?"

老妈说:"你别说现在买的东西不是今天坏了就是明天坏了,这个座钟自从你爸爸买回来就没坏过,都快三十年了。"

记得那年我六岁,有一天爸爸下班回来,单车后座上驮回了一个座钟。妈妈问他买那么大一座钟干嘛?爸爸说家里没有钟表看时间,再说我也快上学了,买个座钟正好督促我学习。妈妈说那买个小闹钟不就行了,可以看时间还可以定时闹铃。妈妈估计是心疼买座钟花钱多了。爸爸说小闹钟怎么能和座钟比,不定时就不闹铃,座钟时时刻刻都提醒你注意时间。

座钟刚买回来时,一到整点敲钟时,我就兴奋地跑过去盯着看,心也跟着钟摆兴奋地乱跳,我还伸出小手摸摸座钟的外壳,手指贴着玻璃钟面跟着指针转圈移动,爸爸也会说:"瞧这座钟多精神!人要是有这般精神就好了。"那时我还小,心想爸爸说的不对,人要是都像座钟每一个小时敲一次钟还不累坏了,怎么会精神呢?

过了一段时间，再听到钟声响起，我也没那么积极了，偶尔会抬头望望座钟，呆呆看着钟摆一左一右、一左一右，心跳似乎也默默应和成了统一的节奏。后来的日子，钟声有时听得见有时听不见，我也没太在意，再后来我的印象中每天好像听不到钟声了。我努力搜寻记忆，难道我记错了，可是记忆中好像真的没有注意到老座钟是不是坏过。

再后来我考上大学就离开了家，来到新学校新城市的欣喜随着四年大学生活渐渐漠然。大学毕业没有考虑回不回家乡找工作，一切都以自身前途发展为主了，留在了远离家乡的另一个城市。特别是到了局机关工作后，一开始的工作热情随着职位的竞争慢慢消失，工作宗旨又随着职务的不断升迁而淡忘。就比如现在的我，年纪不小了，奔四十了，官也大不了，奋斗了十多年还是一个小科长，说好不好说坏不坏，比上不足比下有余。再发展不是没有可能，可是咱一没靠山二没关系三没后盾，前途渺茫啊！老了老了，不争了不斗了，无奈了麻木了。

我的思维把三十年的光阴走了一个来回，耳边老妈的声音还在幽幽响着："你爸爸刚买回来这座钟时，我还真烦听这钟声，每天'咣当、咣当'的敲着人心烦，你爸却说这钟声好听，特别是夜深人静的时候尤其动听，这个老头子就是怪气。这座钟整天敲来敲去就一个音调，好听什么啊！可是你别说，时间长了听习惯了还真感觉蛮好听的，那钟声多有节奏多清脆！你长大了不恋家了，我和你爸听到钟声就想起了你小时候，那时候你多稀罕这座钟呦！看看摸摸，那淘气模样想起来还都是眼前的事。自从你爸走后，这座钟就是我的一个伴，我常常想起你爸老了常说的话，你爸说咱就要像这座钟一样，永远不老，活得精神！"

听到这，我不由心生愧疚，爸爸这话我从小就听过，只不过当时没有在意，也没有放在心上。我想到自己十八岁离家上大学，十八年来在外工作生活，最近一次回老家是一年前老爸故去。这些年生活的平淡就像座钟一样重复一天又一天，一年又一年，可是我的生活热情呢？怎么就没有像钟声一样不时地激励一下自己的人生呢？

这时老座钟又一次敲响，妈妈突然眼睛一亮，说："小弟小弟，你听你听，你听那钟声！多精神啊！"

我朝着老座钟走去，眼睛凝视着指针，手指不由紧贴着钟面，跟着指针一下一下移动，重复一圈又一圈。我是在感受着老座钟的激情呢，还是在寻找着自己曾经澎湃的心动呢？

这样过

刘 玲

我接触农活的时候，还是刀耕火种，从自己可以在田间独当一面，就从劳作中退出了"搭个手"的角色，小小年纪，挥镰割麦、套车拉绳、拉犁撒种、看瓜卸瓜、进城粜粮……

我做这些的时候，父母早已不做，他们在城里当了工人，我也在城里的小学、中学一路重点的读着书，但我却沿袭了他们血脉里钟情收获的元素，那时一年有四个假期，其中两个是"忙"假，我的假期都是在散发着淡淡果实清香的农村度过的。

初夏里清凉的夜晚，熟睡间，会被舅舅叫醒，坐上拉着工具的架子车到麦场打麦子，机器是日夜不停的，挨到哪一家是半夜也得来，而且都是几家"搭班儿"，照顾人手少的家庭。

秋季，把满院子堆得老高的玉米辫成辫子挂在屋檐下，期间还要摘棉花、收花生。最后平整了土地就要播麦种，播种前要事先打听好近几日是不是有雨，最让人欣喜的是今天播了麦种，第二天能下一场让土地湿透的秋雨。

冬天，一家人围着火炉剥玉米，看着永远看不清画面、听不清声音的小黑白电视，天线就在电视机上方，小表弟在一旁不停地调试。

农村人很朴实，也很坚韧，我记得这样一个镜头：姨父和我拉着一车玉米在淡淡的星空下往家赶，路上，姨父问我饿吗？我说，饿。姨父说，今晚还有《射雕英雄传》，到家你先吃饭，我带着凳子到大队给你们占地方，你吃了和你姨给我带两张饼过来，落下的情节我给你们讲。我说，好。然后两个人一使劲儿，把一车玉米拉上了一个陡坡。

那种经过田间地头历练的性格是入了骨头的，我一直这样认为，所以，以后的岁月里，我经历过别人无法承重的伤，但我能比别人更坚挺地站立。

给你一个机会，感受爱

刘 玲

她是我的同事，早上点名时坐在我右侧隔几个人的地方。她的皮肤是不加修饰的自然色，衣服多是过时的，头发随便散着或毫无生气地束起来，我注意到她束头发的皮筋时常裸露到丝线外。我不喜欢观察人，但我很注意她。

认识她，是在十年前，我们都是小姑娘，还没在一个单位，被一起派往邻县服务高招。她在我们的队伍里很显眼，直发披肩，一套合体的蓝色套裙，举手投足流露出高贵。在饭局上，她得体的谦让，让穿着牛仔束着马尾的我更加流露出青涩与张扬。那时，对于自己想成为什么样女人的向往，就是想有一天能像她，如一颗钻石在一堆灰瓦中溢出光彩来。

几年后，我们成了同事，此时都已为人母。她仍然不时尚，但她典雅的气质尘封不住，我们的交往淡然若水，只知道她的丈夫就是我所熟知的那个才华横溢的音乐老师，我当时释然：这样优秀的两个人，该是一家的。

不长的时间，她查出脑子里长了瘤，去北京治疗的日子里，大家都在猜测是"良性"还是"恶性"，最坏的结果会是什么。依我们的交情，我不会因此痛到五脏六腑，但我想起那个盛夏她走在烈日下手遮前额淡如兰花的剪影，心也隐隐痛起来。

两年后，她来上班了。我们依然没有机缘走得很近，但她的变化我看在眼里，气色差了，身材也比以前臃肿，隔年的衣服都会拿出来反复穿。我想：经此磨难，四下欠债，她的生活一定困窘。那时候的我想象不出还有比身患重病四处举债更令人痛心的事情。我的同事，她一定丧失了对美好生活的憧憬，心里一片阴郁。

我坚信我的想法，并对她有了怜悯之心。

这时我的婚姻走上了末路。

也就在那段时间，我和她参加了县妇联组织的一次活动，活动中的一段舞蹈需要扎辫子，我是短发，在一群长发美女中间显得很突兀。演出当天，她为我带了一顶漂亮的假发，她小心地为我试戴，并深情地说起这顶假发的来历："这是在北京动手术的前夜，爸爸冒雨到王府井为我买下的，是最贵的一款，因为第二天我就要剃光头了。"她又说，手术前夜，她的母亲为已经做了母亲的她擦了一次背。她在我身后抚摩着假发，我可以感觉到她在竭力抑制内心翻动的情感。

因为这次活动，我们渐渐近了起来。也就是这时，我结束了自己的婚姻。

我认为生活就是这样了，生活是不公平的，不用苦心经营……

一个冬日的午后，我和她沐浴着清冷的阳光，在办公室围着窗边的炉火谈着关于孩子的话题。我认为她和我一样，我竭力营造一种同病相怜的气氛，我甚至认定她一定没有心思再听她的丈夫给她弹钢琴。

但她又一次谈起了父亲买的假发，母亲为她擦的一次背，我无语。她又神采飞扬地谈起教过的学生里，有一个是县长的女儿。她生病的时候，县长提着上千元的红酒去看她。她的神情充满了自豪，调侃的语气让我们轻笑起来。我问：县长送的红酒好喝吗？她幽幽地叹下气来：还没喝。继而又坚定地说："我和老公说好了，等还完了账再喝，到时候一醉方休……"

我当时没有流泪，但当我第二天把这件事讲给挚友时，泪如泉涌。

我的同事，其实她是那么地热爱生活。她不再用心打理长发，但她一定会打理自己的心情。她素面朝天，但她依然笑靥如花。她穿着旧衣服，但她每个清晨一定在旧衣服堆里捡拾了快乐。我毫不怀疑，她一定常常用心倾听丈夫的琴声……

我在心里也珍藏了一瓶红酒，我告诫自己：微笑着面对生活，不管一切如何……

生活会给予我们磨难，但只要没有夺走我们的生命，那就是生活在给我们机会感受爱。

我甚至想，即使要夺走生命，爱，也在你生命的最后一息，如潮涌来……

斜坡

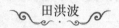

田洪波

又有人在楼前的斜坡路口摔倒了,摔得挺实在的。

于是,阳台里的他,心便也跟着往上一揪。

自从他搬来此地居住后,这样的场面,每天都要目睹几次,每次,他的心都要跟着往上揪。

他有时宁愿那摔倒的是自己。

不过,今天摔倒的这位年纪偏大了一点儿。他好一会儿没有爬起来!一位年轻女士从旁边经过,顿生恻隐之心,弯腰询问老者是否需要帮忙。

他并不能具体听到她说什么。但他有把握,她确是想助老者一臂之力,只是老者并没有接受她的好意,表情痛苦地冲她摆了摆手……

他盯着老者,他能感受到老者的痛苦。

老者似乎不大在意陆续经过的行人不断投来的关切目光,依然攒着劲儿在原地坐着。

这跟年轻人摔倒的确有很大不同,他发现,年纪轻的摔倒后先要迅速四下撒目一番,确信无人过多注意自己后才爬起来,而且,并不急于用手拍打身上的雪土。大多数情况下,往往是一面拐着朝前走,一面再拍打干净雪土。

现在,老者开始调动全身的力气想站起来。可是,一连两次都没有成功。老者看上去有一些有气无力了。

他在为老者深深捏了一把汗的同时,更加感慨斜坡路口的滑溜。他有时真希望行人不要走那段路,但他又知道,这是不可能的。它虽然只是一个小小的路口,但它却是这一片几千家机关企事业单位和居民每日通行的必经之路。平时并没有什么妨碍,只是在下雪后,才变得难行。少年儿童的打滑游戏,各种车辆的肆意穿行是造成它难行的直接原因。

他有时难以想象,斜坡路口两旁的居民不下数百家,怎么就没有一两家行行好事,给它垫上点儿炉灰沙土什么的? 或者干脆出点儿力气将冰给刨掉?

看来,这只能是自己单方面的愿望了。

本来,他今天挺庆幸的,从上午八点到中午近十一点这段时间,没有一个人被摔倒过。自从他发现了斜坡路口的难行,他就渐渐失去了写作的兴趣——转而,每天到阳台记录摔倒的人数。他的情绪便也起伏不定。

他一直闹不准自己是否出于发神经——他实在是太关注它对行人构成的安危了。

老者终于站立起来了。他看来并无大碍——否则,他今天可真得在那儿待上一阵了。

他目送老者远去,直到很远很远,他不禁在心里向自己发问:你什么时候,也能实实在在地摔上一跤? 并非只是出于对老者的羡慕,他真的太渴望这一天了。

可是,他在将轮椅转回房间之前,又打消了这一念头,另一个念头,更强烈地冒了出来——如果有一天,自己真能站立起来的话,就不能仅仅只满足于摔上一跤,而是要实实在在地把那段斜坡路修整一下……一如当初母校的孩子们送给自己这辆轮椅车一样,使过往的行人感受到生活的顺畅美好。

他为自己的这个念头激动不已。

残缺

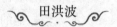
田洪波

我深信人与人的相遇是有缘分的。譬如,在那个多雨的夏天,我到清河泉旅游,一件非常漂亮的钩针饰物,就将我和一个女子牵扯到了一起。

我的职业是医生。我的爱好很广泛。我特别喜欢购买甚至收藏民间饰物,因此,我的业余生活并不像人们惯常思维中那样刻板。

这样就有了一些故事。当然,发生在那个名叫喜鹊的女子身上的故事最独特。

那是一个阴雨连绵的天。我们趁一个学术会议的空隙到清河泉旅游,看过一些景点后,就呈散花状开始购物。在一个很大的空地上,有一溜一字排开的简易商铺。商家主要经营与清河泉景点相关的饰物,自然,也有带当地风俗的钩针饰物,那是清河泉景点的独特品牌。我的眼睛就在那一刻被一些饰物吸引了。

那是一双儿童鞋,却彰显出与众不同的个性。别的商家的钩针儿童鞋,多是与一般商场出售的无异。但那双鞋却是五彩斑斓的,要多有意思就多有意思。形状是一只小猪,前面一张突出的小嘴是红色的。两边嵌着的眼睛,却是黄色的,而鞋面则或黑或白。它就像一个小精灵,把我紧紧地抓住了。

一问价格,却不过只有十几元钱。

我认真挑选起来。钩编玩偶、碎花笨小猪、动物手机座等,很快面前就垒起一堆。卖货的是一位纯朴的大嫂,她仔细地盯了我半天,末了,告诉我家里的饰物还有很多。说这些饰物都是她女儿钩编的。如果想要什么心仪的饰物,她女儿甚至可以现场钩编。

这不能不说稀奇了。对余下的景点,我一时失去了参观的兴趣。于是,在那位大嫂乐颠颠的引领下，我走进离景点不远处的一个村落。在一处平淡无奇的房屋中，见到了那个叫喜鹊的女子。我惊讶的是她居然是个盲人，而且很漂亮。我难以想象，一个盲人如何钩编得出那么色彩斑斓的饰物？

喜鹊很敏感地从炕沿儿上下地了，她作出倾听的模样，而我则一直上下打量着她。很快，就有笑容在她的脸上绽开了。

"是来选钩编的吧？"她一副见惯不惊的神色。

我纳闷儿了："你家常来顾客？"

她母亲自豪地笑了："几乎每天都有，连蓝眼睛大鼻子的外国人都有呢。"

我不得不正色地看她了，并打量起屋里悬挂的各种饰物。

应该说，我的震惊程度正在进一步加大。你想啊，有把蝴蝶钩成蓝色的吗？有把小狗钩成大鼻子的吗？有把小猫钩得脑袋奇大的吗？比卡通还卡通。她根本就是不按常理出牌！

我很快挑选了一大堆，但出于职业习惯，我还是问喜鹊："你是先天看不见、还是后天失明？你怎么就想到要把小猫的脑袋钩大呢？你不觉得自己钩的和别人不一样吗？你看不见，怎么想出的色彩搭配呢？"

喜鹊脸上露出孩童般的笑："管它呢！我想要钩什么颜色就钩什么颜色，想要它什么样就什么样！"

她的解释让我无话可说。听她母亲介绍，她是四岁时因一场病失明。她每天最大的乐趣就是钩编，她常说要给自己攒够嫁妆钱。

我不能不为这样的女子动容了。我告诉她，她的眼睛可以治，我就是一位眼科专家。我希望她们去医院找我。

她母亲听我这么说，眼泪一下就涌了出来，"扑通"一声就给我跪下了。

我被吓了一跳："大嫂，千万别这样。"

喜鹊也激动得浑身颤抖："你说的是真的？"

我连连点头："当然。"

她们娘儿俩霎时拥抱在了一起。

我说过我们是有缘分的。不久，她们果真去医院找了我，而我那会儿也早为她们做好了手术准备。那时，医院正在加大农村医疗保障力度，她们的手术费用被减免了大半。

她术后的效果非常好，很快就睁开了一双明亮的眼睛。她喜极而泣。她的母亲也哭出了声，一个劲儿地喃喃："这下好了，我们喜鹊可以开钩编工

厂了。"

我这才知道，那一直是她们娘俩的理想。

我们从此各忙各的。我不知道她的工厂是否如期开工，她的钩编饰物是否更受人欢迎。好在多年后，我有了再到清河泉旅游的机会。

在那一溜排开的商铺前，我又见到了那位大嫂。她一副愁眉不展的模样，原因是她面前的饰物无人问津。而我看那些饰物，与普通饰物则没什么两样。这难道是喜鹊钩的吗？

见到我，大嫂却未表现出预期中的欣喜，反而眼光复杂地瞅了我一眼。她本是想说点什么，嚅动了一下嘴却没出声。

我被晾在了那里，我很尴尬。后来我逃跑似的离开了。我隐隐预感到了什么。

真水无香

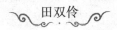

田双伶

前年初春曾到偏远的小县城看望一位老中医。在那飘散着草药幽香的老式房中,老先生和善而专注地为求医的人问诊、切脉、开方……我在一旁静候着,没有发现行医者家中常见的锦旗和匾额。墙上只有一幅宣纸已成暗黄色的卷轴,上书:真水无香。不知是字写得神韵灵动,还是寓意深远,让人感到玄妙无比。于是我问起出处,老先生淡然答道:"哦,祖上留的。"

以往我见过许多名人字画、箴言妙语,总能让人大彻大悟。却没有如此平和、安定,淡然无痕的。老先生安闲的神态,平静如水,悠然若云,更让人难以会意。

后来听人说,那老先生祖上曾是御医。御医啊。这样的家世,其中必有无以言说的渊源吧?

真水无香。如果它是让人修身养性、淡泊明志而悬于室内自赏也就罢了,可偏偏我又在繁华之处看到了它。那天在"巴黎春天"闲逛,楼梯转弯处蓦然看到题于壁上的四个字:真水无香。很随意的字体,却是饱蘸了浓墨。霎时,盈目的华贵时装、钻石金玉变得模糊起来。商家最是锱铢必较,怎会推崇清静无为的"真水无香"呢?是大俗,还是大雅?思来想去,更觉玄机无限。看来破解禅意,是需要几分功力的。

翻开《菜根谭》,以从中寻出缘由。有一句话:"静中念虑澄流,见人之真体;闲时之气象从容,识心之真机。"人在宁静中心态如水般清澈,才会体现人性的本源所在;在安详时心态像白云般舒卷悠闲,才能使人的灵魂超越凡尘。大凡要观察人生的真正道理,没有比这种方式更好的了。俗世中有万般诱惑,锦衣玉食可以摒弃,浮华虚荣可以鄙夷,总要有个好名声吧?官要做清官,人要做好人,还要淡泊名利心虚意静,这就难了。真水无香,也许便

是平日所说的"人到无求品自高"吧？

一次书画界人士聚会，名家们挥毫泼墨，纷纷献艺。我也附庸风雅上前求字。沉吟许久才想起：真水无香。那位书法家展纸蘸墨挥毫而就，围者啧啧赞叹。有人说这四个字似意犹未尽，不如补上一句"真凤无华"吧，也是不图虚名之意。我默念着，仍觉得不贴切。无香原是水性，而羽毛不华丽怎能为凤呢？

将裱好的字画悬于房内，那神韵如一泓清潭。忽而想起那位老先生与世无争的安宁之态，心陡然醒悟，忙把它取下来。真水无香，原是空灵无边，超越贤愚得失之境的。水是有佛性的，古人讲"上善若水"，它荡涤污浊而不怨，滋润万物而不争，智慧，澄明，清凉。若一个人内心真正淡泊到如水般自然平和，无波无痕，刻意地去尊崇什么，反而显得伧俗。一切，还是随其自然吧。

科罗拉多的月光

田双伶

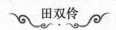

有月亮的晚上,秦素素会到我的住处来。

我租住在市郊一个顶层的小复式里。楼上有天窗的小屋,是我的茶室。两把藤椅,一张木茶台,几盆绿萝。夜晚,我常常端着茶杯,眺望远处路上的车流灯河,看夜晚的星空,看上弦月何时隐,下弦月何时升,还有,看近处楼房里的灯火,和月亮一样,明起来,暗下去。

她每次来,都会喝与上次不同的茶。而我喝的,只有彩云红。我说,素素你就没有爱喝的一种茶吗? 就像你不知道到底喜欢哪种男人一样。

她拂开遮住额头的长发挂在耳后,说,谁说没有。

她说的是陆子文,一位浪漫不羁的版画家。在一次画展上,我见过他。我讨厌他那一头乱而蓬松的鬈发,还有飘忽的眼神。我想他内心一定和他画的内容一样,抽象而迷茫。可是,素素发疯一样爱上了他。她说,你不知道,他的每幅画里,都会有月亮,有弯月、圆月,有远月、近月,水中月、云遮月……你不知道,他的眼神和他画里的月亮一样,多么神秘,多么让人迷醉。

是的,迷醉。她迷醉了。朋友们对她忘我的迷醉,从鼻子里生出一丝冷气来。当她迷醉到离不开他的时候,陆子文却说他要去遥远的科罗拉多。留给素素的,是一首叫《科罗拉多的月光》的歌,和天上遥不可及的月亮。

秦素素轻轻地唱起来:"你曾经说秋后嫁给我,我一直念念不忘。每当月光照到科罗拉多,你是否依然在等待盼望……"唱完了,她说,陆子文临走的时候,唱这首歌给我听。他说有月亮的晚上,会在月下想念我,想我时就会唱起这首歌。你们都知道我爱上他了,是吗? 可是你们却不知道,爱是去路,没有归途。

秦素素不来的时候,或是下弦月时,我会独自一人,泡上一杯彩云红,看

着杯底红色的茶雾一丝丝一缕缕一团团地飘散开来。我喜欢不同的月亮，朦胧的光晕里，那些云月、风月、花月。有一个人曾经陪着我，一起看山中的月，湖边的月，松下的月……可是，月亮依然在这里，那个人去了哪儿？

送我彩云红的那个男子，喜欢和我一起坐在月光下，品茶。那个人曾对我说：等有月亮的晚上，我陪你喝彩云红，好不好？可那天送我茶后，就再也没有见到他。

每个有月亮的晚上，我都会靠窗而坐，对着不远处的那扇窗发呆。隐约看见窗里亮起的灯光，在我脑海里幻化出一个画面：女主人会把一盘盘袅着香气的饭菜端上餐桌，等着男人回家。那个俊朗的男人回到家，看到这一切，一定会自心底生起温馨，忘记月下等待和他一起喝茶的人。

而素素，走马灯一样和不同的男人约会。她喝酒、抽烟，喝很浓很苦的咖啡，我无奈地看着她美丽的容颜一天天地憔悴。谁也无法猜到光鲜璀璨的青春中，隐藏的是怎样的划痕。

我说，素素，你不要这样，陆子文还要接你一起去科罗拉多呢。

她轻叹一声，去了科罗拉多，看的不还是这一个月亮？我看到她的面容上有盈盈的光迷离闪烁。是两行清冷的泪。忽而，她弹掉烟灰，目光定定地望着我，说，我要走了，你会不会想我？

我说，我才不想你呢。你在美丽的科罗拉多，身边有陆子文陪你看月亮，我想你做什么？

她垂下头，长发遮住了脸。瘦弱的她，如一只水边倦栖的苍鹭。忽然她用双手捂住了脸庞，哽咽着，没有一个人想我，我会孤单的。

我把烧开的水续进茶杯，递给她。温热的茶杯捧在手里，一股暖意泅遍全身。玻璃窗外，夜空旷远无边。若是她走了，去了美丽的科罗拉多，这个城市只剩下我孤零零地坐在楼台上看月亮。也许，只有这月亮能知我心意，陪伴我。月下，我可以望月、问月，我可以举杯邀明月，对影成三人……

她起身去拿烟盒，看到了红方筒的彩云红，抓起来要扔，你不要再喝这种茶了。我从她手里夺过茶筒，死死抱住，说，我就爱喝。

苍凉的月下，我们相对而坐，如两尊破败的神像。

我说，素素，我们藏在自己织的茧里，出不来了。我们都不再说话，仰脸望月，让清寒的月光在脸上染上一层如霜的薄凉。

秦素素走后，月亮也走了。它躲进了云层，也许是云遮笼了它。就像一个害羞的女子，轻轻地依偎进爱人的怀里。

对面楼里的灯光也一处处黯下去。我面前剩下一地寂寂的烟灰，和杯里渐渐凉去的残茶。我倒尽残茶，昏然睡去。

那天，我在附近的一条小街上闲走，蓦地看到一个人。我追上他。我瞪大了眼睛——陆子文！

是陆子文。他漠然地望着我，目光很远，让我恍惚着，仿佛远到了天边。

你不是在科罗拉多吗？你什么时候回来的？我说，你知道吗？每个有月亮的晚上，素素都在等你，思念你。她有胃病有胆囊炎，可还是一次次地醉了酒，她一天天地瘦下去，瘦下去了呀……

陆子文定定地听着，双眼迷茫地看着我：我没有去科罗拉多，我一直在这里。我没有让她等。她是何苦呢？

秦素素，她知道吗？

她当然知道。陆子文定定地说，她一直都知道。

那一瞬间，我听到心里轰然坍塌的声音。

素素，天下女子最悲哀的事情，是苦等一个人，他却不知；即使知道，却是漠然。素素，为何不转身？一转身，就是陌路；一转身，就音尘永绝。我们已经辜负了春花秋月，还有什么不能辜负的？

傍晚时分，又大又圆的月亮悬在空旷的夜空。明月照高楼，流光正徘徊。对面的灯光又亮起来。我想，该搬家了。

我冲了一杯绿茶，偎进藤椅，等秦素素来。

我想和她说，我们曾经错过了多少美好的清晨，不要再看月亮了，好不好？明天，我们一起去看看太阳，好不好？

犁铧套在牛身上

胡 炎

犁铧套在牛身上,套了一代又一代。

牛过着被人奴役的生活。

牛犁田耙地,埋头耕作,得到的犒劳是一把草料。

更多的时候,人赐给牛的是鞭子。

有一天,一个人发起了一场革命,使牛得到了解放,和人享有平等的权利。

这天,牛待在棚子里,依旧等待着人的驱使。

良久,人没有来。

牛就六神无主。

后来,人终于来了,说:"牛,缰绳早已给你解开了,你自由了。"

牛站着未动。

人说:"你解放了,我不能再驱使你。做你想做的事吧。"

牛依旧站着未动。

人拿起鞭子,走近了牛。牛以为人要打它,就作出本能的姿势:垂首奋尾,接受鞭子的洗礼。

但是人把鞭子折断了。

牛听到鞭子断裂的清脆响声。

牛就很奇怪,并且惶恐起来。

人说:"瞧,鞭子都断了,以后你就完完全全自由了。"

牛不知该何去何从,一脸的困惑。

人说:"走吧。"

牛问:"去哪儿?"

人说:"去你想去的地方,做你愿做的事——包括我们人做的事,你也可以做。"

牛默然良久,说:"我不知该做什么。"

过了会儿,牛又说:"我只会犁田。"

人摇摇头,无话。

人到底放走了牛——或者说,人不敢再留牛待在自家的牛棚里,违法。

过了几天,牛又回来了,面色凄惶。

人很诧异。

牛恳求道:"我还留在这儿,行吗?"

人说:"你还跟着我?"

牛点头,说:"我离开你无法生活。"

人说:"那好吧,你得承认你是自愿的。"

牛说:"我自愿。"

人想了想,说:"这样吧,你想去哪儿? 我带你去。"

牛不假思索:"田里。"

人说:"干吗?"

牛说:"犁田。"

人说:"这我不能,以后我得靠自己犁田。"

人牵着牛来到田边,让牛歇着,自己到田里犁地。

牛现出很痛苦的样子。

身负犁铧的人也现出很痛苦的样子。

牛瘦了。

人也瘦了。

后来,幸亏又搞了一次公决,牛也参加。结果,一致赞成恢复人对牛的奴役。

人做了一条新的鞭子,结结实实地抽在牛身上。

牛一阵战栗。

人重又给牛套上沉重的犁铧,喝一声:"干活去!"

牛摇了摇尾巴,觉得这声音极亲切。

之后,牛就激动地长哞一声,欢快地下田了。

真好啊!

牛感到今天的阳光格外灿烂,让它的生命殷实而温暖。

历史

胡 炎

一

扁鹊见到蔡桓公。

扁鹊说:"君有病。"

蔡桓公笑道:"我有什么病?"

扁鹊说:"病在腠理。"

蔡桓公摇摇头:"开玩笑。"

扁鹊说:"不及时医治恐怕病将加深。"

蔡桓公正色道:"我没病,你们做医生的就是爱治那些没病的人,充自己医术高明。"

扁鹊默然离去。

二

他从小就知道神医扁鹊,他也谙熟扁鹊见蔡桓公的故事。

有一次,他梦到了扁鹊。

扁鹊穿着素色长袍,胡子很长,眼神里藏着些忧郁。其实扁鹊在他的想象中一直是这个样子,很长一段日子里他甚至有些欣赏这种忧郁。

扁鹊说:"你有病。"

他说:"真的吗?"

扁鹊说:"真的。"

他问:"病在哪里?"

扁鹊说:"脑子里。"

他笑了:"神医,我一直很崇拜你。但这次你误诊了,我刚做过体检,身体倍儿棒。"

扁鹊坚持己见:"若不及时医治,恐怕病将加深。"

他说:"我真的没病。你们那时的医术也许已跟不上当今的高科技了。我不怪你。"

扁鹊无言,消失在一片雾里。

三

十日后,扁鹊又去见蔡桓公。

蔡桓公说:"你又有何话讲?"

扁鹊说:"君的病已入肌肤。"

蔡桓公有些不耐烦:"又吓唬人不是?"

扁鹊说:"不治会更严重。"

蔡桓公冷下脸道:"得了,得了,没事儿外边凉快去!"

扁鹊摇摇头,叹一声走了。

四

多年后的某个晚上,他又做梦了,一个很长的梦。扁鹊再次在梦中不期而至。

扁鹊依旧面露忧容,胡子似乎比先前更长了些。看上去,扁鹊明显增添了几分老相。

他说:"神医又来光顾,请坐。"

扁鹊没坐,站在他的正面,盯着他。

扁鹊说:"你的病又深了一步。"

他说:"还是在脑子里吗?"

扁鹊说:"是的,一颗毒瘤。"

他认真地说:"没有! 神医,你真的错了!"

扁鹊说:"我没错。"

扁鹊有些激动,喉咙里发喘。过了会儿,扁鹊接着说:"一种流行病。很多人都患了这种病,所以你就察觉不出来了,反而以为这是正常的。"

他这次的确生气了:"信口雌黄!什么神医,不过一个十足的庸医罢了。"

扁鹊闭上眼,说:"等着瞧吧。告辞。"

五

扁鹊再见到蔡桓公,是又一个十日之后。

扁鹊看一眼蔡桓公,转身就走。

蔡桓公困惑不解。他原以为扁鹊会再发一通荒唐的"高论"——他觉得扁鹊今天的行为甚是反常。

蔡桓公就派人追问。

扁鹊说:"病在腠理,热敷即可;在肌肤,针刺便愈;在肠胃,火剂见效;在骨髓,百药无治。而今桓侯的病已入骨髓,我只能徒叹奈何了。"

五日后,蔡桓公体痛,派人寻找扁鹊,踪影杳然。未几,蔡桓公驾鹤西去。

那时,扁鹊已经身在秦国,他不愿做一个毫无意义的殉葬品,因而他只能成为一个千百年的流亡者,别无选择。

六

现在,他睁着失神的眼,靠在一隅。他清晰地看到了对面的扁鹊,很真实,不是梦。

他说:"神医!"

扁鹊说:"不,我是个庸医。"

他说:"不,你是神医!"

扁鹊黯然道:"我不够格。我既不能让病人相信自己有病,又不能强行给病人治病,只能眼睁睁地看着病人病入膏肓……我算什么神医呢?"

他叹了一声:"唉,这怪不得你。"

扁鹊的两腮有些抽搐,眼睛里涌动着两汪晃晃闪闪的液体。

他说:"其实我知道自己脑子里的病。"

扁鹊一惊："哦?"

他使劲点点头："对! 从市长到死囚……我病得太重了、太重了……"他的眼睛里滚下了两串沉甸甸的泪珠。泪光中,扁鹊转过身,缓缓走入历史,留下一个憔悴的流亡者的背影。

他低下头,也走进了自己的历史之中。

他希望和扁鹊在历史中再次相遇。

不欠

袁省梅

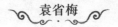

刚吃了早饭，撂下筷子，光子就紧催慢赶地嚷老婆手脚麻利点儿，说，多装上几个软柿子，张老师爱吃。

老婆"哦"了一声，摔下抹布，从布袋子里掬花生，一把一把。

光子咣咣过去，给张老师又不是给外人，看你小气的。说着话，就夹起布袋子倒，哗，竹筐一下就满了。

光子叫媳妇把檐下的窗台上的软柿子都摆在花生上，省得装兜里挤破。他从瓮里舀了三碗绿豆。光子说，人家张老师那两千块钱，能买你多少花生绿豆哩。人家帮了咱，咱不能忘记。

今年夏天，光子的儿子考上了大学，眼瞅着开学日子到了眼眉前，可学费凑来凑去差两千，亲戚邻居能借的，光子都张了嘴，还是弥补不够，急得光子满嘴的水泡，喝口水都嘶嘶地疼。

张老师是娃初中班主任，肯定是听说光子娃的学费凑不够的事了，一来，就掏出两千块，放到柜子上，说，不要耽误了娃开学报到。光子搓着手，瞅着钱，眉开眼笑地嚷老婆拿烟倒水，又催老婆做饭，炒臊子菜炸油饼，招待张老师。

两千块钱，皱了多少天的心，光子觉得一下就舒展了。

张老师不吃饭，说这半晌午的，吃啥时候的饭？

光子拽着张老师不让走，说，咋说你也得吃一口，连口水都没喝。

张老师看见窗台上的柿子，地里捡的，还是硬邦邦的。张老师呵呵笑说，等你那柿子软了，我来吃软柿子。推着车子要走时，又扭头对光子说，那钱是资助娃的，不要放在心上。

两千块钱，可不是小数目。光子能不放在心上吗？就盼着柿子软了花生收下了，给张老师送去。人得有良心，得记着别人的好。光子说。

提着花生柿子要走时，光子又要老婆拿一件干净衣服换上。老婆摔下抹布，不耐烦的，相亲还是赶集啊？穿得新新的。

光子说，学校人多，别给张老师丢脸。

老婆的碗还没洗完，光子回来了，气喘吁吁的。竹筐里的花生还是满满的，绿豆也还在手里提着，摆在花生上面的几个软柿子红艳艳的也没有少一个。

咋没送去？张老师不在？

光子的脸红一块黑一块，绿豆似的小眼睛愤愤的，给他干啥给他干啥？不给了，我还要吃哩，卖，也能卖几十块钱哩。

老婆疑疑呆呆的，不知怎么回事，瞥了光子一眼，不是说的记谁不记谁，要记住张老师的好吗？要谢人家张老师那两千块钱吗？刚还说人家张老师的钱买多少多少花生哩，转脸就变驴了啊你。

光子叫老婆少废话，撑开袋子，哗，竹筐里的花生倒到了袋子，绿豆也倒进了瓮里。光子的脸才软和了一些，剥了一个软柿子吃着，说，不是一回事。钱是钱，花生是花生。张老师不是给咱一家钱了，他还给前巷小根娃和巷头二毛娃钱了。村里考上大学的娃娃，他都给钱哩。

媳妇还是木木疑疑的。

光子说，咱不欠他的。他都给哩嘛。

光子的心情好了，脸上红光油亮的，叫媳妇炒臊子菜炸油饼，说半年了，还没吃过一口油饼一口肉哩，肚子寡淡得跟狗舔了一样。光子哼着小调，咚咚出去割肉买菜去了。

从此，光子在巷里街上见了张老师也是想理不想理的，有时头一撇，装着没看见，面碰面，却黑着脸，咣咣地走了。

光子在心里说，我不欠你张老师的。你张老师又不是独独给我娃一人钱。

生死劫

陈力娇

　　欢乐河钓鱼场,疤痕在钓鱼。疤痕是黑社会老大,瘦得一把骨头,蹲在河边,远看像一堆破烂的鱼网。七七把吕地带到他跟前,小声说了几句,退了下去,剩吕地一个人站在他身后。

　　这是第一课,每一个被绑架来的人都要到这里上第一课。

　　昨天吕地去郊外游玩,为追一只野兔而落单,落单后又迷路,迷路后又遇人相救,救他的人,就是这伙绑架他的人。那只兔子也在这伙人手中,吕地看到,那原来是一只惟妙惟肖的电动兔。

　　疤痕没有理吕地,他一声没吭,俨然跟前没人一样,他似不会呼吸,从背影看不出喘气的迹象,他安静地盯着鱼饵,鱼饵处水域极静,没有波痕,仿佛十年八年都不会有鱼出现。

　　吕地仔细观察这个人,骨瘦如柴,驼背,个子不高,穿着敞着怀的运动装,有袅袅的雾气从衣服里飘出来,一半飘到河上,一半飘到吕地的方向,好像告诉他,别急,等着他说话。可是一个小时过去了,吕地也没听到他说一句话。

　　吕地沉不住气了,闷声闷气吐出,我想回家。

　　这句话是个由头,好像打开了一个瓶塞,疤痕听后才动了动身体,把鱼杆从水里拉出来,摘下一条一寸长的小鱼,把鱼饵重新放上,一用力甩在水里,才慢悠悠地说,来这里的人谁不想回家,可是谁也别想回家。

　　疤痕的声音非常好听,沉稳,磁性,和电影里配音演员的声音一样。

　　吕地的身体抖然生起一股凉气,似一块飞来的石头将他的心砸个正着,剧烈的疼痛河水一样拥来。疤痕继续他的磁性声音,这里有什么不好,来这里的人都能步入世上最美的天堂。吕地这一次没觉得他的声音好听,相反充满了恐怖与狰狞,让他想对着天空大哭一场。

疤痕觉出吕地的惶恐,他换了话题,他问吕地,动物中你喜欢什么?

提这样的问题疤痕是轻松的,是一个长者的姿态,但是吕地也还是没有心思回答他的话,吕地在想怎么能回家,怎么能回到学校,怎么能参加中考。疤痕不像吕地这么想,疤痕在等着他回答,他沉静地等着,好像如果吕地不回答,就得永远站在那。

吕地看出苗头,他咽了口唾沫,清清发涩的嗓子,不得不回答了自己的想法,他说,我喜欢狼。他的话让疤痕一惊,他回了一下头,仅这一下头,吕地看到,他有一张狼一样的脸,狼一样的眼睛,凶狠异常。

疤痕问吕地,你喜欢它什么?吕地说,机智、勇敢和舍弃弱小以求生存的态度。吕地的回答,疤痕很是满意,他的眼前出现一条雪青色的狼,后腿被铁夹几乎夹断,不能逃生,狼就狠狠地将其咬断,弃荒而逃,由此他觉得他绑架吕地,是正确的,他有决心把他打造成特殊的人。

疤痕继续钓鱼,他又恢复了沉静,如果不是他身上有雾气吐出,没人会想他是活人,叫他雕塑比较贴切。

他的沉默让吕地觉得他不会再对自己开口了,但是出乎预料,疤痕的声音又响了起来,而且极其果断与强硬,他说,可我不喜欢狼,我喜欢鹰。吕地弄不懂他为什么喜欢鹰,疤痕给了他答案。鹰能翱翔千里,又有一双慧眼,能把浩渺的天空一眼看穿,它不但是地上的卫士,还是天上的霸主,一生能活七十岁,仅次于人。

关于鹰吕地以前听人说过,但仅局限听说,没有探究。

吕地想了想说,鹰除非不飞,如飞从不在地面起飞,不管它怎样爬不动,它都要爬上山顶,在山顶高飞。吕地的用意是想告诉疤痕,你绑架我就不太像鹰的品性。但他终归没敢去扣主题。

吕地的话让疤痕有了触动,不过表面没什么变化,他还在一心一意等鱼,秋日里鱼都躲进了深水,没有几条失控的鱼会贸然回到浅水,而疤痕就是在等这浅水之鱼。

鱼不来,疤痕的话来了,疤痕说,鹰能活七十岁不假,可是它活到四十岁时就老得不行了,喙也没有力气,脚趾抓不住猎物,羽毛也破败不堪,可它又不想完结,就飞到悬崖上去筑窝,在那里它要呆上一百五十天,这一百五十天对它来说是炼狱,它要在悬崖上把喙一下一下敲掉,然后等它长出新的来。喙长出后,它要用新喙把脚趾一根根拔掉,再等新脚趾长出来,等新脚

趾长出来后,它还要把它凌乱的羽毛一根根拨掉,让新羽毛再一根根长出来。这样一个痛苦的过程,鹰才能活好它的后三十年,才能重新做天空的霸主和地上的卫士。

　　疤痕说完这些没了声息,他也没要求吕地再说什么,他相信这一课吕地完全听懂了。吕地也确实听懂了。他看到自己像一只鹰,飞到了天宇深处,然后一遍一遍去敲自己的喙,一颗一颗去拔自己的脚趾,一根一根去拔自己的羽毛,可是有一点疤痕没有教给他,那就是在做这些之前,他会折断自己的翅膀,以阻断飞往罪恶的深渊。

婚姻如茶宠

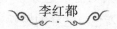

李红都

    应邀到林先生家品茶，近距离地见识了功夫茶的雅致。几道繁琐的茶艺程序过后，一杯清香四溢的铁观音终于倒进了面前小而浅的白底蓝花茶盅。

    我学着身边的淑女，翘起兰花指，轻抿了一口，未及放下茶盅，目光又落回那宽大的紫檀木茶盘上——有个神态逼真的小男孩茶宠，正憨态可掬地盘腿"坐"在茶盘上，笑眯眯地将左手食指放在嘴边吮着。见我有兴趣，林先生说："这是紫砂茶宠，见着可爱，随手买的，养了一年，已养出茶色来了，模样比刚买来时更显温润可人……"说着，他顺手端起茶盅，将茶汤轻轻地浇淋在茶宠身上，然后又拿起盘边的毛笔，蘸上茶汤，细细地涂抹着宠物的表面。那份温情和细致，宛如在与一个有生命的灵魂进行着心灵的交流。有这样细腻温存的心，难怪他们夫妻结婚已十五年，仍像处于恋爱中一般幸福甜蜜。

    突然觉得，婚姻也如茶宠，两者的养护之道，竟是如此相似——都需要有爱、有耐心、专一，并且都会随着养护时间的增长而增值。但凡婚姻出了些毛病的人，不外乎那么几种原因。

    最常见的原因，莫过于感情的降温，曾经相爱的人，变得不再相爱。他们看配偶，就像对一个已看不顺眼的茶宠，喝茶时，只顾自斟自饮，把茶宠冷落在一边，任其孤寂地立在茶盘中，尘埃落满周身。若有一日，烦了，倦了，便会无情地将茶宠随手丢在哪个不起眼的角落。于是，一段感情，就这样令人感慨万千地不了了之。或许哪天，重想起对方的好，欲重续旧情，却发现如同重拾起丢弃已久的茶宠，物虽在手，那光泽，那情感，却已远逊于当初。

    另一种原因，是夫妻俩情感变得粗糙，慢慢地，在琐碎的日子里失去了

细细打理生活的耐心。或许,他们觉得已是夫妻了,就不需要再讲什么情调。男人记不住女人的生日,也懒得在女人不舒服的时候,像婚前那样好脾气地陪她看病,给她熬鸡汤;女人早忘了当年为君洗手做羹汤的优雅,再不肯花一下午时间做几个拿手的甜点,只为博得他欣喜的笑颜;再难像从前,日日赶早起床,只为做几个精致的小菜,让美好的一天从早餐开始……这样的情况,像极了没有耐心的茶人,懒得用茶扫蘸茶汤细细刷洗和滋润自己的茶宠,为了省时省事,随便把茶汤往茶宠身上一浇了事,或者干脆直接将茶宠泡在当天没喝完的剩茶中着色。这样的婚姻,日子是一样地过,但生活的品味和质量,无形中已被粗糙的心打了折扣。

还有一种原因,是朝三暮四,感情不专。他们前一段还唱着"非你不嫁、非你不娶"、"执子之手,与子偕老"的歌,一脸幸福地步入围城,没多久,看到别人比自己过得好,又后悔了当初的选择。三番五次地争吵、冷战,让两个人都失去了相守一生的耐心。于是,重挑伴侣,重建围城;几番折腾过后,才发现,原来,最适合自己的,不一定就是最好的……这样的情况,也如不专一的茶人,原本是用乌龙浇淋茶宠,看到别人用普洱茶养出的茶宠着色更诱人,于是,丢下乌龙,重置普洱,结果弄得茶宠着色层次不均,颜色也不再纯正。待重新感到浇乌龙茶的妙处,怎奈今已非昨,徒添感伤。

茶人皆知,茶的滋养,不仅会日益美化了茶宠的色泽,更因茶宠会在时光中静静吸收着茶叶本身的清香,久而久之,那种浑身散发着的茶香,让茶宠带着一种含蓄的魅力而身价倍增,成为茶宠世界当中的极品。

婚姻也如此,爱得越久、伴得越长,婚姻也就越有价值。两个相恋的有情人,在柴米油盐的琐碎生活中爱着、守着、磨合着,细细地体会着、享受着风雨人生中的种种甘苦,让岁月的芳醇和四季的花香,连同日日彼此关爱的目光一起,一层层地镀在身上,在相守一生的幸福里,静静等待银婚、金婚和钻石婚的到来。

睡在身边的麻醉师

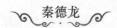

秦德龙

秋红是个幸福的女人。在许多人看来,找一个麻醉师做丈夫,是一件新奇无比的事。身边睡个麻醉师,至少,睡觉是安稳的,要多安稳有多安稳。

有人问秋红:"麻醉师是怎样麻醉你的? 你是怎样被麻醉的?"

秋红嘻嘻地笑,神态充满了天真。

没错,当初秋红爱上麻醉师,爱得不可救药。父母为她担忧:嫁给一个麻醉师,这事靠谱吗?

怎么不靠谱? 麻醉师就不靠谱了? 秋红摆出了一副志在必得的神态,将一摞照片推给了父母。照片上的秋红,牵着麻醉师的手,走进了一道又一道风景,甜美的样子,是非他不嫁了。

秋红不顾一切地嫁给了麻醉师。虽说没什么曲折或神秘,却打动了要好的姐妹们。

"他会将麻醉药带回家吗?"有人小心翼翼地问。

"哪里的话呢! 医院有纪律。"秋红笑道,"不过,他身上总有一股来苏水的味道。当然,我喜欢这种味道。"

"哈,连同他身上的所有味道吧?"

"当然,还有他外套的味道!"秋红仰面大笑。

秋红真的是一个幸福得令人嫉妒的女人。因为他嫁的是一个很优秀很优秀的麻醉师。

麻醉师的形象是儒雅的,技术是卓越的。有了这样的优秀丈夫,秋红的笑声越来越烂漫了。

有一天,秋红的笑声戛然而止。

是因为她从报纸上看到了一条新闻:在火车卧铺车厢里,一位女乘客,

被人麻醉后,遭遇抢劫。

读到这条新闻,秋红惴惴不安了。联想到自己的丈夫,不禁毛骨悚然。会不会在某一天早晨,自己永远都不再醒来呢?可怕,太可怕了!

秋红失眠了,眼窝陷得很深很深,脸上的皮肉一阵阵发紧。

"秋红,怎么了?要不要我联系医生?"麻醉师温情脉脉地问。

"我怎么突然觉得你像个犯罪嫌疑人呢?"秋红说着,将那张报纸递给了麻醉师。

"哦,这种事,不稀罕。"麻醉师扫了报纸一眼,轻描淡写地说。

"那么,我问你,你会不会对我下手?"

"怎么会呢?从医学角度上说,麻醉师是不能对自家人实施麻醉的。"

"为什么呢?"秋红天真地问。

"药量不好掌握呀,太熟了,不好下手!"麻醉师认真地说。

"哈,这么说,我就乐而无忧了?"秋红盯着麻醉师。

"随你怎么想好了。"麻醉师忧郁地望着秋红,不知她心里到底想些什么。

秋红浅浅地一笑。

秋红并未走出阴影,她开始吞服安眠药了。

"你应该去看心理医生。"麻醉师瞅着药瓶说,"我知道一个最好的心理医生。"

"最好的医生应该是自己的丈夫。"

"我真的不明白,一篇报道,会让你变成这样。"

"我请求你麻醉我一次,好吗?快下手吧。不然的话,我会疯掉的!"

"我不是说过了吗?我是不会对自家人下手的。"

"你是胆小鬼吧?你不敢?"

"不是我不敢,是我不能!"

"噢,既然不是你不敢,我相信你就能!你去做准备吧,给我来一针硫苯妥钠,我要体验被你麻醉的感觉。当然,我得先写好遗书。"

"我不会干这种傻事的!你无聊透了!"麻醉师终于被激怒了。

"看看,露出真面目了吧?对我这么凶!你干脆动手吧!最好不要让我醒过来!"矜持中的秋红,仍不忘记调侃。

麻醉师怒目圆睁,甩门而去。

冷战,他和她陷入了持久的冷战。

秋红曾渴望麻醉师突然抱住她,然后,他们深情地接吻,然后,双双倒在松软的席梦思上。

可是,没有,期待中的转机没有出现。

几天后,有个坏消息传来了:丈夫参与的手术失败了,患者死掉了。责任或许在麻醉师,他把硫苯妥钠推入了病人的静脉。

秋红听到这个消息,歪在床上,呼呼沉睡了一天一夜。

丈夫被停职了。秋红每天陪着丈夫在街上散步。她竟然口无遮拦,见到熟人就说,丈夫出了责任事故。

丈夫面带微笑,是那种无所谓的微笑。他仿佛并不在乎秋红和别人说什么。他显得温文尔雅,且举止浪漫。他辞去了医院的工作,开了家宠物医院,将宠物麻醉,然后,实施手术。

秋红感到了生活的恬静。每天,她都能安然入睡了。

全素人

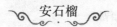
安石榴

我看了看墙上的表，终于下决心把绿荷赶走，她已经在我耳根子聒噪了整整一个半钟头，要我把刚买的裘皮大衣退掉。还就此繁衍了更多的话题，仿佛没有被希特勒毁掉的世界将在一瞬间糟蹋在我手里。她愚蠢地说起水，我有主意了，手边的水槽子里有两串葡萄，我把龙头旋到底，"哗"的一声，水像我胸中的闷气一样泻得爽利。

"天呐，你疯了！"绿荷睁大惊恐的眼睛，扑上来。

我重重地摔了抹布："我已经受够了，绿荷，我无数次请求你饶了我，你却一定要把我钉在耻辱柱上，你还想怎样？我用无磷洗衣粉，从不随地吐痰，自带购物篮，走路上班，不用一次性湿巾，废电池堆在家里……"我换了口气，"你还想怎样？"

"你可以做得更好，你凭什么掠夺另一种生命的毛皮来满足自己的欲望。"

"够了！"我打断了绿荷，不再给她议论的机会，她那么专业，那么固执，没人可以抵挡。看着她随意放在地上的再生包，我断定它的前世是一条牛仔裤的屁股，电脑刺绣的图案覆盖了两只大而扁的裤兜，我笑了起来："我不愿意像你那样背一个破屁股满世界乱跑。"

绿荷愤怒了："你居然如此亵渎！"她抓起那只粗糙而丑陋的布包夺门而出。

小贝马上就回来了，我不想让她们见面。小贝上初三，正在长身体，学业又那么重，现在红肉一点不沾了。没办法，我只会为了女儿做出伤害友情的事情。

但是不安马上纠缠我，我忍不住趴在十七楼阳台向下看。寒冷的冬夜完全渗入这个城市,各种灯的锋芒受挫,发着微弱的迷蒙的光。对面一楼麦当劳门口就是公交车站,那里有几颗伶仃的小黑点,我看不清楚绿荷是哪一颗,一种悲悯弥漫而来。我和绿荷之间似乎有一种宿命,彼此疼爱牵挂,绿荷此时一定被我伤着了。我打开手机给她发短信:"对不起,明天晚上吃个饭吧,权当赔罪了。"

在鹿港小镇,我和绿荷坐在安静的角落,她举起桌子上的消毒筷子:"瞧瞧,就是这样一点一滴给我信心。"

我会意地笑了。在一次性筷子最没节制的时期,我和绿荷出去吃饭时,她总是自备两双筷子。而现在,有越来越多的饭店使用消毒筷子了。

我们的木瓜粥上来了,每一份都配着两盏小巧精致的鲜奶。绿荷一盏一盏地送到我面前。

"怎么,不吃牛奶了吗?"我诧异。

"是的,鸡蛋也不吃了。"

一种很疼的痛涌上来:"又不是杀鸡取卵,你何苦那么矫情。"

绿荷张了张嘴,却没有说话。她不想和我交锋。

看着埋下头去的绿荷,我想起逝去的奶奶,一辈子吃净口斋,荤腥不沾,我不知道她为什么。而如今绿荷也成了全素人,我却是知道为什么的。

她把自己逼得没有退路,全身心沉醉环保,而丈夫却早已不是绿色的了。

难道没有调和的余地吗? 绿荷刚刚四十岁,就没有多少头发了,一张清汤寡水的脸,单调的衣服,那个时尚漂亮的绿荷消失得干干净净。

"没办法呀,环保的东西都不时尚,而时尚的东西绝少环保。"绿荷耸着肩膀,不疼不痒地说。绿荷衣着的上线是混纺,下线是棉布,注定没有多少选择。这几年绿荷消瘦得厉害,一件混纺双排扣子的半长风衣实在撑不起来了,就找师傅加了一层棉花,变成一件活里活面的棉褛。她不穿皮鞋,那双脚就永远似老太太般的随便。

但是绿荷绝不猥琐,在饭店大厅的一片珠光宝气之中,绿荷那双清澈的眼睛涤荡了所有俗气,她闪动着黝黑的眸子,兴致勃勃地给我讲起她在青藏高原上调查时的所见所闻。

这样的兴致一直保持到回家的路上。

绿荷竟挽住了我——裘皮袖子,还温柔地把手插在我的腋下。过了好一会儿,她幽幽地说:"你的胳肢窝让我想起那些受伤害的动物,我把它们搂

在怀里的时候,它们往往气息奄奄了,胳肢窝却总是温暖的。"绿荷长叹了一声,不再说话。

绿荷的柔情给了我一种错觉,在我家楼下分手时,看着瑟瑟发抖的她,我脱下裘皮要她穿上,绿荷却狠狠地甩开,匆匆跑了。

我却染上了风寒,第二天没能起床。绿荷来陪我,吃了药,我很快就睡了,当我醒来时,房间静得可疑。我慢慢推开卧室门,客厅里,绿荷高绾发髻,穿着我的高筒靴、裘皮大衣,正对着镜子一个一个地摆着 POSE。她优雅地旋转了身体,我看到绿荷坚挺的鼻子,骨感的脸一起慢慢扬起,透着一股子誓不罢休的倔强和傲慢。

我的心里,那种很疼的痛又滚涌而来。

绿荷不知道,此时此刻,我是多么想把她搂在自己的怀里。

依米花

王 往

　　说的是依小北的故事。其实,让依小北自己来写,这个故事可能会更生动更具传奇色彩。

　　对于她为什么从一个风花雪月的地方嫁到我们这个毫无生机的江北小城,好多人不理解。开始的时候,小北带着满脸的幸福与憧憬告诉我们,她与先生是在北京的一次文学笔会上认识的。回来的时候,她和先生同乘一列火车,爱情就在那么短短的一两天中产生了。小北的笔名叫依米花,我们问她含义是什么。小北说,依米花是非洲沙漠里的一种小花,它的茎很细,紧紧贴着炙热的沙土,茎上没有一片叶子,但是它开花,花朵很小很小,只有米粒一样大小,然而很有生机,很艳丽,很顽强。小北在一家公司编企业报。一年后,小北生了孩子。从此,小北和我们一起玩的机会就少了。一次,几个文友在饭店小聚,有人说打电话叫小北来吧,让她呼吸点新鲜空气,别老闷在家里写。小北来了,大家一见,暗暗吃惊:小北太憔悴了! 眼角的鱼尾纹像浮雕一样,十分明显。但是小北很快乐,说她正在赶一个中篇,一家大报等着连载呢。我们惊呼,说:小北你也不能死命写,看你累的。累是婉转的说法,其实小北显现出和年龄不相称的老了,谁都能看得出来。小北叹口气说:我不好跟你们比呀,我们单位太忙,下班后就忙着买菜做饭,吃了饭,洗洗涮涮,还得哄孩子,忙到很晚才能坐下来写点东西。唉,他还迷上了麻将,没日没夜地赌……你先生不写东西了,还赌? 我们大吃一惊。他不写也罢,还赌,还不让你写,要人当老爷侍候……小北,你写的《一个人的夜晚》,讲的是自己的家? 小北低下头来,几乎哭了。

　　又过了很长一段时间,我们邀小北相聚,祝贺她在一家著名刊物发了个头条。而小北来时,额头竟多了块青斑。大家联想到《一个人的夜晚》,猜想

那定是她先生的老拳所创。小北这次没显出什么快乐的样子,言谈之中流露出的尽是凄苦。大家尽量把气氛弄得活跃。酒过三巡,有人提议"一"字成语接龙,须男女对接。大款范听我们说过小北的家庭,他怜香惜玉,吹牛说要救小北于水深火热之中,大家就半真半假让大款范和小北对接成语。这下热闹了。大款范说一见钟情,小北说一心一意;小北说一览无余,大款范说一马当先。分手时,大伙儿开玩笑:老范,小北今晚交给你了! 没想到,大款范和小北还真有故事了,而且进展特快。小北很快顺利地离婚。

小北离婚后,就和大款范住到了一起,两人甚是恩爱。

一年多后,我们几个朋友相约去小北家玩。小北热情接待了我们。只见她衣着华丽,满面春风。我们问她,怎么好久不见你的作品了? 小北说,没灵感啦。说着,便去阳台浇花。我们跟着过去了。小北的阳台上养着一株依米花。小北说,这花是先生的朋友去非洲旅游时给她带的。小北还说,这花可难养,水多了也不好,少了也不好。

朋友中一个女的问小北:啥时开花呀?

小北说,不知道,自从养了它,还没见它开花呢。

开满阳光的下午

楸 立

"陶小陶！"五斤叉着腰站在"陶小陶陶吧"门前时，是个燥热无奈的下午。阳光晒在五斤的脸上，灼痛了他的脸颊。他的喊声引起隔壁店里几个人的注意，他们探了探头，然后又缩了回去。这让五斤万分沮丧。他现在就希望陶小陶能够马上出现，能跟他回庄上或先将自己拽进店里，让自己不要继续饱受烈日的炙烤。五斤咽了口唾沫，润了下干涩的嘴唇，又喊了一句："陶小陶。"

店里终于走出一个女人，一个秀美忧郁的女人，长发遮挡住一侧的脸。女人问五斤："你怎么还没走？我说了嘛，陶小陶没在这里，她学习去了。"

五斤瓮声瓮气地说："俺就想见她一面，让她给俺句话，到底想和俺结婚不？"

女人扑哧一声笑了。女人说："你是陶家庄的五斤吧？"

五斤挺了挺胸脯，嗯了一声："俺是。"

女人说："五斤，你和陶小陶那是指腹为婚，在法律上不算数的。"

五斤说："俺才不管！陶小陶从小就是俺的媳妇儿，俺是她男人，庄上的人都知道。"

女人笑得捂着肚子："行了行了，别说了，再说我的肠子都抽筋了。既然你是陶小陶的男人，那你就进来吧！"

五斤抹了下脸上的汗，抬脚进了店里。店里的空调吹得五斤说不出的舒畅，他的目光停留在琳琅满目的商品上。女人进里间打电话："小陶，你庄上那个五斤来了。"

陶小陶在电话那头语气很烦躁："表姐，他是不是要钱来了？"

女人瞅了眼外面的五斤："我看不像。"

小陶说:"那就想法让他走,我在外面多待会儿。"女人是小陶的表姐,帮着小陶打理陶吧。

女人放下电话走出去,对东瞅西望的五斤说:"五斤,小陶现在很忙,她没时间和你通话,你先回去吧!"

五斤嘟囔着:"大姐,俺知道小陶现在做生意很忙,可俺娘说小陶不回去,写个纸条让俺娘看看也行。"

女人说:"怎么非要写个纸条呢?"

五斤有些尴尬:"俺娘怕俺骗她。"

女人觉得很有意思:"你以前骗过你娘吗?"

"俺娘总想看到俺和小陶结婚,天天念叨这事。俺对娘说,小陶干事业忙,过两年再说。可娘不见小陶,说什么也不信。俺这次想让小陶回去一趟,哄哄娘,让她别惦记着了。"

女人忽然觉得面前的五斤朴实得让她有些心酸。女人晓得,小陶上美术学院的学费,是这个五斤用打工的钱垫上的。可小陶毕业后和男同学经营起这个陶吧,心早就不在五斤身上了。看着五斤,女人寻思了片刻,从货架上取下一个精致的陶镜对五斤说:"五斤,这是小陶让我给你的,说是给你娘的。"

五斤顿时笑逐颜开。他双手接过陶镜,当宝贝似的端详着:"俺就说哩!小陶不是昧良心的人。"

女人勉强笑了笑:"五斤你回吧,再晚了就赶不上回去的汽车了。"

五斤抱着陶镜,欢喜得不得了:"行,行呀,有了这个东西,俺娘就会放心地走了。"说着,眼圈就红了。

女人很疑惑:"你娘怎么啦?"

"俺娘已经在炕上躺了半年了,估计日子不长了,她想见见小陶。可每次俺来找小陶,小陶总是忙得很。"说完,五斤擦了一下眼角,走了出去。

女人心里咯噔一下,很不舒服。透过窗户望着五斤的背影,久久不能平静。这时,电话响了,是她的男人打来的。男人说:"我明天就飞广州了。"

女人低声问:"我们这些年的感情就这么结束了?"

男人说:"时代在变,人人都在变。我已经找不到当初的感觉了。与其凑合,不如重新选择。"

女人清楚男人生意做大了,在外面有了别人。她不想挑明,她的目光仍随着五斤的背影流淌着。女人说:"好吧!我同意。"

男人没想到,女人这么痛快地答应了他。还想说些别的,女人已经挂了电话。远处,五斤的影子逐渐变得模糊。

　　小陶从外面一步跨进来,顺着女人的目光望去,对那背影说:"这个死五斤,总是纠缠着不放。"

　　女人抬起头,打量着陶小陶。陶小陶忽然想起什么,脸腾地红了。

　　女人说:"爱随时都可以选择的,但要讲良心。"当她的目光再次寻找五斤时,视野中只剩下这开满阳光的下午。

逃

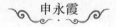

申永霞

　　他叫周子雄。他可是进了堡垒。终于逃不掉,自打和她结了婚以后。

　　"自打"那以后,这个堡垒越来越坚固,一天比一天难以攻破。这个堡垒没有缝隙,没有出口,这个堡垒真厉害啊。这个由妻子亲手筑出来的一个名叫"家"的大碉堡。

　　起初可不是这样。起初如同每一个男子,经历过的每一次"正常"的情感波动、冲动、激动、感动等等带"动"的动词。

　　接着,他们俩结了婚。她带他进入了这个不是由砖、石、钢筋混凝土等建成的"军事建筑物"。他是信任她、喜欢她、爱她的,因此乖乖地和她走了进来。

　　她是多么温柔啊。永远是笑眯眯的。笑眯眯地纠正了他的一切坏毛病、坏习惯、坏想法。那么地细密、精确,那么地及时,那么地"科学"。如果要说一说,那就从周子雄早晨的一睁眼开始吧。

　　一睁眼,他看到的就是一杯水。是她递过来的。水温合宜,他必须一口喝下。喝这么一杯水的好处,她是告诉过他的,不喝的坏处——那是非常危险的。好了,可以下床洗漱了吧。他刚打开水龙头,她就赶紧跑过来告诉他仨字:从军团。这仨字声音不大,却把他吓得心头一颤。他差点忘了,早晨的自来水管里有许多危害身体的"从军团"。他差点让"从军团"跑进自己的身体里,多吓人。多危险。他将水哗哗放走了一会儿,消灭了里面的"从军团"后,那么,该刷牙了。她站在一旁,温柔地、笑眯眯地说:慢慢刷噢。两颗两颗地刷噢。——要漱口了。——漱干净噢,听说牙膏可致癌噢。她整天"噢噢噢"的,他不知道她从哪里了解到这么多的精细的知识,他不知道这是谁教她的,他妈以前怎么没发现。亏他妈还是一个医生呢。真是太危险了,幸亏遇见了她，不仅美，而且善良，重要的是，懂科学。

这样的日子，过一天是美的，过两天是好的，过三天是又美又好的……接着过，他过了一年，两年，三年。今年是第三年了。

三年来，她把他身上的很多她不能容忍的习惯都一一地纠正过来。以前他爱交朋友，现在他也不交了；以前他爱饮酒，现在他也不饮了；以前他晚上八点以前必在外，现在八点以前他必在家；以前他还爱看电视，现在他也不看了；以前他做事从来没想过后果，现在他想着后果便什么也不敢做了；以前他还爱啃鸡爪呢，现在他什么也不想"啃"了。

她改变了他。这果真不可能办到的事她竟然办到了。她不仅仅是一个妻子、母亲，还是一位老师、校长。这一切，她笑眯眯地就办到了。如果说从前他还让她有些不如意的话，那么现在她对他真是太满意了。因为，他说话，他笑，他做事、吃饭、走路时的姿势，接电话时第一句"喂"声，都是按照她说的那样去做的。

她不是他的母亲，但把他塑造成了她的影子。她温柔地、可人地、笑眯眯地将他塑造成了她的模样。

日子久了，他不是快乐的。他也不是心甘情愿的。他甚至反抗过、斗争过，像英雄董存瑞一样，来炸掉这个"碉堡"。但是，他怎么能那么容易地炸了它、毁了它、抛弃了它呢。这个建筑物不是由砖、石、钢筋混凝土组成的，但强似用砖、石、钢筋混凝土组成的一个建筑物。它是由一个女人的爱、温柔、呵护、感性、性感等好处筑成的堡垒。让一个男子，从这样的堡垒中逃出去，不是太难了吗。

况且，他有一天终于为自己寻到一个机智的、连哥伦布都没有发现的"礁石"：从这个碉堡里杀出去，杀出一条血路来，那么，还不是为了进下一个大碉堡吗。

这个想法变成了一把利剑，逼退了他一生的胆量与英武。

一个木鱼石茶杯

曲·辰

"前面就是泰山的所在地——泰安了。"导游的话给昏昏欲睡的游客一剂强心针,大家纷纷朝车窗外看,依稀辨认泰山的轮廓,吟诵着知名或不知名的诗句:"会当凌绝顶,一览众山小"、"山登绝顶我为峰"……

"泰安出产两块石头,一块水晶石,一块木鱼石。"木鱼石?又一针下去了。"有一个美丽的传说,精美的石头会唱歌……只要你把它爱在心里呀,天长那个地久,不会失落",已经有人唱起来了,诗词曲传扬风物的深远可见一斑。导游肯定对游客的表现极为满意,顺势插话:"来泰山一定要带个有特色的东西回去,水晶石和木鱼石都是别处没有的,如果大家感兴趣,待会儿我领大家到专卖商场好不好?"

自然是一片叫好声。导游又说话了:"大家到商场后,可按标价的四折还价,千万不要当了冤大头哟!"呵,这导游还挺向着我们呢,只恨车开得太慢。

到商场了。以为就是一块块石头呢,却是加工好的工艺用品。水晶石做成的东西,怎么看着像有机玻璃的,家门口都能买到,大家便往木鱼石那边移心移步。暗红色的木鱼石做成了各式各样的茶具,其标价会让不明就里的人望而却步。

"木鱼石深居海底几十万年,含有丰富的微量元素,用木鱼石制成的茶杯泡茶,久饮可防治动脉硬化和高血压。"营业员的话打动了我,老爸的血压一直是居高不下的,让木鱼石给压一压?"大家把茶杯放到耳边,便可以听见海啸的声音!"咦,还真是那么回事,这就是所谓的"精美的石头会唱歌"吧?经过一番讨价还价,大家都选购了各自钟情的茶具,我花了三十元请回一个标价一百六十八元的茶杯,心满意足。

买好了纪念品，第二天大家便一身轻松地登泰山。一路行进，总有商贩在路边兜售纪念品，其中就有木鱼石茶杯——我心里一沉，忍了半路，最终还是问了要价。"十块钱一个。"得，不祥之感终成现实，心一下子不平衡起来。便自我安慰，东西和东西不一样嘛……

回到宾馆，大家都把玩着自己的杯子，聊着木鱼石的话题。有旅伴操起宾馆的茶杯，朝耳朵上一罩，口出疑问："怎么这普通杯子也能听见'海啸'？"我一惊，想了想，双手合成碗状，放在耳朵上——居然也有所谓的海啸所谓的歌声！唉，上当了！看着木鱼石茶杯盖上的标价签，一百六十八元，气就不打一处来，想立即揭掉……但终于还是没有揭。

"吃一堑长一智，别去想这个了，咱们看电视吧——《开心辞典》！"主持人王小丫灿烂的笑容，将我们的不快暂时排挤掉了。不料这时她向选手提出了这样一个问题："将一个容器罩在耳朵上，你听到的是什么声音？A 海啸；B 风声；C 血液流动的声音。"呵，这问题是撞到枪口上了，决不是什么海啸，风声也不像，那么就是……我们听到的是自己血液流动的声音！哇噻！

就这样索然无味地离开了泰安，带着恭请的木鱼石茶杯。

某日，这个木鱼石茶杯和我一起位移到了老家，到了老爸的办公桌上。"这杯子是木鱼石做的，是儿子上泰山给我买的，"老爸吹了吹杯中茶水，扬起杯盖，对来人说，"要一百六十八块呢。"

母爱如水

曲　辰

　　相对于父爱，母爱是日常的琐碎的。母爱更接近于生活的真实和人的本性，就像空气、阳光和水，无形又自然地存在于你的周围。当你身陷困境心生脆弱，总是不由自主地想到母亲，感受母爱来温暖身心。

　　你在战胜了亿万个对手后，入主母亲的子宫。你以为取得了成功，从此就可以一劳永逸，尽可以享受母亲的给养，不思进取。可母亲的容忍是有限的，她可不愿你就这么碌碌一生，十月临盆，她狠心地把你逐出子宫。你对母亲的残忍十二分的不解，委屈之际，你伤心地痛哭。子宫是你的老家，你却再也回不去了。

　　母亲诞生了你，你也同时诞生了母亲。还好，离开了母亲的子宫，你又投入了母亲的怀抱。母亲的乳汁给你的口舌最初的诱惑和满足，而母亲子宫外的世界，又是如此的丰富动人。母亲为你一一指认：这是爸爸，那是大树……你很是兴奋，满心喜悦，脸上也不再只是哭的表情。你开始理解母亲当初的苦心。

　　第一次喊出声"妈妈"，母亲满脸笑容，你是满心惊奇：原来除了吮吸乳汁，口舌还可以用作表达和交流！你便对此投入了极大的热情，渐渐地，你掌握了越来越多的语词，学会了说话。不久，母亲便不让你吮吸乳汁，硬要喂你稀汤之类的东西。这可没有乳汁好喝，你再次转向母乳时，却品尝到了难忍的味道——那是母亲在乳头上涂抹了什么东西。存着现成的好好的乳汁，为什么不让我吃呢？你无奈地吞咽着米汤，恨恨地想。后来，更让你害怕的事情发生了，母亲把你从怀中放在地上，让你爬，让你站，让你走，跌倒了，把你扶起来，继续操练……怎么？不让在老家呆着也就罢了，难道还要把我放手怀抱？

要不是怀抱外的自由散漫，你真的又要跟母亲记仇了。可这自由散漫没有多长时间，母亲把你送去了学堂。学堂有什么好，环境和人物都那么陌生，哪比得家里？你哭着喊着拒绝着，屁股也被母亲拧着揉着抚摸着，最终坐定在学堂的板凳上。从此，你便开始了全新的人生。每次放学回家，你都要向母亲汇报自己的收获，母亲听得津津有味，绽笑如花。有时你想，我这是不是上了母亲的当？也许是，可这是美好的上当。

玩心十足的你，并不总是认真学习功课。为此，你的屁股却总是代脸受罚，母亲说，你别操心念书！看你屁股硬还是我手硬！等将来我手拧不动了，我拿老虎钳拧你！嗨！哥儿们，摸摸你的屁股，是不是现在还隐隐作痛？可是后来，还能用手拧动你屁股的母亲，却一般不这样做了，只是用言语开导你。不操心念书，你就等着给土坷拉挡阴凉吧，就等着跟拖拉机拾大粪吧……奇怪，又没拧你，你却感到浑身发烧。母亲这是怎么了，不愿孩子留在她身边，赶要饭的一样？

想通想不通，你是潜下心来努力学习了。学历越来越高，你离母亲也越来越远。你有了工作，又有了伴侣，还要有孩子，忽然就明白，如果你是母亲，你也会这么去做。你也明白，你离开母亲的腹，离开母亲的怀，离开母亲的身，永远没有离开的，是和母亲息息相通的心。

母爱如水，母亲是源，无论你奔腾到哪里，胸中流淌的，依然有不尽的源头之水。

空巢

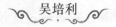

吴培利

下午,方敏回到了乡村老家。

老家的院门紧锁。母亲用手机和方敏通话,说她和父亲还在集上,天黑才能回来,钥匙就放在老地方,让方敏自己开门进家。

那存放钥匙的地方是厨房北墙上的一个小洞。墙洞口的红砖被摸得发油发暗。方敏从墙洞里摸到钥匙,打开院门。尽管是在冬天,她的汗毛孔还是不由得竖了起来——南屋的门楣上吊着一个比篮球小不了多少的马蜂窝。马蜂们简直欺人太甚,竟然胆大妄为地把巢筑在进进出出的门楣之上。

方敏七岁时被马蜂蜇过,在左眉的上方。瞬间火烧火燎地痛,肿起了一个大疙瘩,一睁眼就能看到。父亲母亲轮番用指头挤,用醋、蒜、酒、万金油擦拭,七八天才消了肿,永久地留下了一个小小的月牙形的疤痕。从那以后,父亲最见不得的就是马蜂,看见了必然拍死无疑。

不知道父亲母亲怎么肯容忍这个蜂巢存在?趁着眼前的冬季,蜂巢是空的,方敏迅速拿起铁锹,把它捅下来,铲成了几瓣。她甚至踮起脚尖儿,用小刀把门楣上蜂巢的残骸一点一点地刮掉。不然,来年的春天,马蜂们还会寻过来,继续锲而不舍地筑上新巢。

破碎的蜂巢无声无息地和一堆垃圾萎在一起。没想到,晚上父亲回来,一眼就看到了蜂巢的碎片。父亲进门时的喜悦忽然淡了,远了,根本忽略了他这个跋山涉水回家省亲的女儿。方敏把给他和母亲买的礼物一样一样拿出来——虎骨酒、羊绒围巾、保暖内衣、棉袜,还有他爱吃的茯苓夹饼、金丝小枣,也没看见他的脸上再露出多少喜色。

吃晚饭的时候,方敏对母亲说,钥匙不要总放在那个墙洞里,不安全。

墙洞里放钥匙的习惯,是这一家人的小秘密。小时候,方敏傍晚放学,一旦家里没人，就会从墙洞里摸出钥匙开门，到厨房打开火，钢精锅里添三瓢半凉水放到炉子上，然后伏在院子的方凳上写作业。水开的时候，她会再向锅里撒三把玉米糁儿，用筷子搅和搅和，敞着锅滚粥。那是多少年前的事了？方敏想：我离开家也有二十年了吧？父亲母亲竟然还将钥匙藏在原来的墙洞里。

母亲说：也不是非要放在那里，还不是担心你回来进不了家？

方敏说：我一年也不见得回来一次嘛。

母亲却说：我们可是做梦都在盼着你哪！

这时，父亲说话了，他说的却是蜂巢。他说：蜂窝是味中药，小敏你怎么可以把它铲了去呢，我们老两口还指望它卖俩钱呢！

为了蜂巢而养马蜂？这理由可太荒诞了。方敏在心里摇了摇头，没有说话。

父亲又说，马蜂安个家可不容易。这个窝，它们做了差不多两个月。起初只有两三只蜂，后来渐渐地多了，就成了一个大家族。

父亲还说，马蜂其实很有灵性，你不惹它，它也不会轻易招惹你。你把它们的窝捅掉了，明年，它们也许就不来了。

母亲也接口说：你不知道啊小敏，它们一家子进进出出的，要多热闹有多热闹。你小时候住家，家里不也是……

一些儿时的光景纷飞而来。那时，一把粉红的牵牛花，几穗籽粒饱满的青麦，几枚橙黄的小香瓜，或者水嫩水嫩的玉米，曾经是父亲母亲每次从田里回来给方敏准备的欢喜。母亲说，方敏是老天爷赐给他们的欢喜，他们也要给方敏好多好多的欢喜。然后，他们扑打着粘在身上的草叶、土星儿，舀水洗脸洗手，扯亮厨房的灯。家在这个时候突然喧腾起来。

父亲没有再说下去，方敏则使劲把头埋进碗里。方敏想：时光是一个贼，它不知不觉地把他们的女儿从身边偷走了。如今，父亲母亲早就改变了从田间给自己寻找礼物的习惯，他们只能为心爱的女儿藏好一把家门的钥匙，随时期待着她的归来。

"晚年的父亲母亲，你们之所以能够容忍一群马蜂，也是在给寂寞和思念寻找寄托吗？"一霎时，方敏的眼里心里噙满泪水。

台球张

萧 磊

我叫他张老板。其实,他比我这个穷学生,多不了几个钱。

他在骆家塘的街头,守着几张台球桌维持生计而已。的确,只是而已。

按年纪,他其实也可以做我的"伯伯"了。

大学快毕业的那个学期,陆陆续续有用人单位来我们学校招人了。招聘单位除了看看相貌以外,更多的就是看看简历和分数。说起来很惭愧,这四年大学,我把很多时间都奉献给了我那温柔的被窝,或者是金华的大街小巷,还有就是那么一大堆文学书和我自己藏在抽屉里的破小说。所以,我的简历上空空荡荡,我的成绩单上,也没有像父亲拾掇农田那样挂满黄灿灿的稻穗,只剩下"补考"、"重修"的屈辱历史。

在很多同学被用人单位签下的时候,我却成了张过期的船票。

一次次的失望,后来就变成了绝望。真的绝望,也就无所谓了。

于是,我重新走上"历史"的轨道。继续游荡,继续寻找别样的快乐。

台球,就这样再次走进我的历史。在这里,我用了"再次"这个词。早在读小学的时候,因为堂叔家不知道从哪里搞来了一张台球桌,我就近水楼台地玩起了这时髦的游戏。最显而易见的成果,就是这"免费的游戏",把我培养成了乡间的台球高手,一度打遍村庄无敌手。

现在,有事没事,我总跑进骆家塘的台球室里。有时候,那里一个顾客也没有,我就一个人自娱自乐,类似于周伯通的"左右互搏"。

渐渐地,我在那里"打"出水平,"打"出点儿名气来了。

再后来,就有点像武侠片里的那样,有人上来挑战了。而且,是打那种带点彩的球。不多,一局十元,或者一包烟什么的。

一开始,我的确也有点儿紧张。毕竟,自己还是个学生,也就那么点儿生活费。但有时候，人不是为自己活，而是为面子活，何况是二十岁出头，正是死要面子的年龄。

这一豁出去，球就好打了。一段时间下来，我是赢多输少，收获不小。甚至创下了"一杆清台"的历史。

张老板，就在这个时候走进了我的历史。其实，他一直在我的历史里——顾客和店家的关系，但一直没走进来。

那个晚上，我像一头得胜的公鸡一样，骄傲写满整张脸。就在我准备回学校的时候，张老板说，等一下。

很多人和我一样，停了下来。

我想这老头大概是见我赢钱，嫉妒眼红，想弄点彩头，于是，我满不在乎地掏出张十块的说，恭喜发财，谢谢张老板你的福地，今天就算分红了。

这老头哈哈地笑出声来：我想和你来一局。

这话一出，我差点儿喷饭。别想着自己经营这么个螺蛳摊，看我们打球很简单，也不想想，自己都七老八十的了，还想和我来赌。

但，我的话却很有风度：张老板，你想怎么来？

就按你兜里所有的钱吧。

这句话，怎么听都觉得不顺耳。我顺手捋下手表说，加这个吧。

围观的人，起了哄。

有个人自动当起了裁判，从裤兜里找出个硬币来。

是我先开的局。

我轻轻地打出去。白球的走位，也恰到好处，没有给那个老头留下进攻的机会。

一看那老头的握杆架势——居然是用球杆的大头击球的。我狂跳着的心，一下子安静下来。而且，我第一次看清楚了那老头的左手。那左手的小指居然是没有了的。四个手指畸形地按在球桌上，在那盏昏黄的灯下，露出狰狞的面目。

周围的人，都露出了不易察觉的嘲讽来。

接下来的局面，似乎成了一边倒。

我的色子球，大部分已经安静地躺进了网兜里。

而那老头的花色球，在台面上，从这边滚到那边，队伍完整，也在帮着我一起嘲笑那老头。

就在我的色子球还剩下一颗的时候，老头突然转变了枪杆。这是我始

料不及的。

局势,是瞬间扭转的。

那老头犹如神助,噼里啪啦几下,花色球瞬间就被消灭成只剩下一颗了。

豆大的汗珠,从我的全身一下涌出来。

那最后一颗色子球,似乎也故意和我作对,怎么击打,就是不进网。

老头以一记漂亮的"回力球",把"8"号球送进了网兜。也顺势击中了我的心脏,把我定在那里。

后来,其他的人如鸟兽散去。剩我在那里发呆。

那老头,把我叫进了他的小矮屋。

他把我所有的钱和手表,塞进了我的口袋。

不知道怎么回事,我的眼泪一下子出来了。

好好读书去吧,他拍拍我的肩膀,晃了晃左手说,这根手指,被我自己砍下来的时候,你还穿开裆裤呢。那个时候,我就可以"一杆清台"了。

我点点头。

还记下了这句话:读书,才是正道。

流过往事的水

萧 磊

师范毕业前夕，与地球打了大半辈子交道的父母没什么门路可走，不久以后，我这个堂堂师大毕业的高才生，便被我们的教育局"充军"到了家乡的一所小学。

去学校报到，发现居然是"铁打的老师，流水的学生"——还是教过我的那六个老师，只是年纪变大了，而我却是"山不转啊水在转"，一转又转回来了。六个老师都齐刷刷地在校门口迎接我这个曾经的得意门生。后来，老校长过来握着我的右手，左手拍拍我的肩膀，只说了句：欢迎你啊，小马！就意味深长地看着我。我忽然觉得自己一肚子的怨气，被老校长的眼光给抚平了，像个小孩子似的喊了声：校长！

上班了，我听从父亲的叮咛经常帮着打扫办公室，或者去村里的水井挑水，为别的老师倒倒茶，老师们对我都赞许有加，唯独让我感觉奇怪的是以前读书的时候，校长的目光总是很慈祥的，但现在偶尔与他的目光相遇总让我有种不寒而栗的感觉。因为老校长的目光，让我想起读师范时班主任经常说的一句话：要给学生一碗水，自己首先要有一桶水！所以平时，我越加抓紧时间给自己"倒水"了。

两星期以后，老校长找到了村主任，说，小马这正宗的大学生刚毕业，好不容易分配到学校来，如果长期给老师和学生们挑水也是影响精力和工作的！是不是替学校挖口井，留点时间培养个人才啊？

用扫帚丝剔着牙缝的村主任居然爽快地答应了。

这事是一个星期以后，挖井的人来学校了，我才从别处听了个大概。

当两个满身黄泥的打井工挖到三四米的时候，还是没见一滴水出来，这在他们以往的挖井生涯里是比较少见的，所以他们就开始骂骂咧咧的，想放

弃重新找个地方了。

老校长出现了。他捋起袖子拉上我就到了边上，安慰着说，认准了的事，就要干下去，会成功的。我这身老骨头来帮帮你们！

没过十分钟，底下那个人喊了出来，有水了！老校长笑着从口袋里掏出包"双喜"牌香烟来，给了他们两根，然后向我示意着走到走廊边，席地坐了下去。

来，抽口烟吧！

我拘谨地接了烟。老校长拿出火柴把两人的烟都点上了，自己心满意足地吸了口，对着太阳吐出了烟雾，有一句话也很顺口地跟了出来：小马啊，认准了的地，坚持着挖，总能挖到水的！你说呢？

我被烟呛得咳嗽着点了点头，侧头看到老校长笑了笑，把藏匿在他皱纹里的阳光绽放了出来！

时光也就在我像挖井人一样埋头"挖井"中过去了三年。接着，我意外地成了这所小学的校长。是老校长自己要求下来，把我推荐上去的。

新学期开始的时候，我依然拎了个热水瓶去给老师们倒水。虽然昨晚我为了这"倒水"问题，一宿没睡好，但可能是我多虑了，老师们的杯里有的刚自己倒过，满着；有的见我过去，连忙说马校长我自己来，叫得我脸一下子就蹿红了，我赶紧朝老校长走过去。老校长的杯子也是满的！他一言不发地端坐着，额头的青筋像一条条蚯蚓一般趴着蠕动着。我红着脸拎着水瓶想走开的时候，老校长开口了：以后的水我来倒了，你就给学校多"倒倒水"吧！

时光真像这水一样又是三年了！那年年底，学校被评为"镇先进学校"，我自己也被评为"镇十佳优秀青年教师"。这是我们这所村小历史上的最高荣誉了！

拿着锦旗刚回学校，下个学期就要退休的老校长过来拍着我的肩说，小马啊，祝贺你马到成功，也感谢你为学校争来的荣誉啊！

老校长说着话，眼睛有点红了。我却不知道说什么感激的话好，刚想再替老校长倒倒水。"今天，还是我为你倒最后一次水吧！"老校长好像知道我的心思似的已经提起了身边的水瓶说，以水代酒敬敬你！

我了解老校长的脾气，也不敢怎么推了，只好拿过了那个茶杯，伸到了热水瓶的嘴巴下。

水，一点点满起来，满起来，后来居然满出了茶杯。我的手像被火苗舔了一下，连忙往后缩。

茶杯跌了个粉碎。

老师们一脸诧异。

老糊涂了，水太满会烫了手，伤了茶杯的啊！老校长道着歉，小马，没伤着吧？

我点点头，看到老校长的眼睛正盯着我。

我愣了一下，连忙对着老校长鞠了一个九十度的躬……

十七岁的单车

萧 磊

　　此刻,我站在二十七岁的时间窗口,眺望十七岁那年那辆锈迹斑斑的单车,无端地生出些感慨来:十年的时间,就像隔桌而坐一样。

　　我搜索着所有和那辆单车有关的细枝末节,但其中的因果关系,经过了时间的发酵和抚摸,依然使我无法梳理。

　　那辆饱经沧桑的单车,驮着十七岁的我,满怀激动地行进在和我一样单薄瘦弱的公路上。道路两旁的水稻们低头倾听着单车发出的"叽嘎"声,一脸的阳光灿烂。

　　是镇上那间写着"中国邮政"的绿房子,拉住了我的车轮。我连蹦带跳地从车上下来,将它支好,然后胡乱地上了锁。

　　大厅里一个人也没有,橱窗后的三个营业员正围在一起说着些什么。见了我,她们的谈话就像被刀齐腰切断了,然后,一起扭头看着我。

　　我的脸"腾"地一下冒出一堆火来,连说话的腔调都变了。

　　我……我……取钱。我哆嗦着从裤兜里挖出了那张被我的眼睛抚摸了大半个上午的汇款单,递进了窗口。

　　那个营业员扫了一下,说,证件和印章呢?

　　我一脸的茫然,显得手足无措。

　　等到我明白过来,想把这张写着金额的纸,换成相同数额的活生生的人民币,是需要履行一定手续的,就像我写稿、誊抄、邮寄、变铅字上报一样复杂。

　　我像犯了错误的孩子一般,从她的手中接过原样退回的汇款单,离开了营业大厅。

　　去开车子的时候,我遇到了那个我暗恋很久的女同学。我一下子恢复了"作家"的自信,朝她笑了笑,说,我是来取稿费的。

还好她没问是多少,只是朝我笑了笑,就进去了。

现在想来,后来,我骑车到只有百来米远的刻印章的地方时,心还一直"咚咚"地乱跳,以至"给我刻颗印章"这几个简单的字,都被我切割成了好几片。大概和那一朵微笑有关吧!

那老头儿的目光,越过一副老花镜框的上沿,打量着车凳上气喘吁吁的我,还以为我骑了老长一段路,有急事要办。

我从车上爬了下来,支好了。按老头儿的要求,转身就在纸上写下"胡古越"三个大字。我想,这三个字,会在不久的将来,照耀中国渐渐暗淡的文学。

篆刻的活计就这样开始了。老头儿手中的刀,恍惚之间就变成了我手中的笔。他每一刀下去,都变成了我的文字,一个一个,跳进方格纸里。我看见了满天飞舞的汇款单,被那三个鲜红的"胡古越",一张一张地敲过去。

我的美梦是被一个人拍醒的。

我不耐烦地耸了耸肩膀,厌恶地转过头去。

一个满脸络腮胡子的人,正凶神恶煞地瞪着我!

我慌慌张张地转了过来,整个身子靠在了刻章台边,感觉说话也有了点依靠。

你,你谁啊?

小赤佬,偷我的车,还敢问我是谁?

谁偷车了?

那男的拍了拍身边的自行车凳子。

我突然发觉我的那辆车不见了,出现在我眼前的是一辆崭新的"凤凰"自行车!

那车,像块巨大的铁片,把我压懵了。

等我回过神来,连忙从他的手里挣脱出来,向刻章的老头儿求助。

大伯,你看到我刚才的车了,我没偷,我的车是旧的。

那老头儿大概也被弄糊涂了——转眼工夫,车咋就变新了呢?然后,他还是点了点头。

还是去派出所说吧!那个男的边说边来拉我。

我甩了甩手臂,说,我自己会走的。

走了两三步,我回头叫上了老伯,让他帮我去作一下证明。

当我们三个刚走进派出所大门的时候,我看见我的那辆破车,正有气无力地靠在墙壁上。真他妈的见鬼啊,难道它自己长脚走进来的。

有关我偷不偷车的事情,在经过了一番陈述后,那民警显得有些厌倦了,最后他的一句"看你还是个学生,我们也不追究了",算是不了了之。

那个男的,忿忿不平地回头看了看我,推着他的自行车走了。那个刻章的老头,推了推眼镜,也走了。

现在,只剩下十七岁的我,和两三个穿着威严制服的民警在一起了。那种无法言传的孤独和无助,像潮水一样向我袭来。

我好说歹说,想要回那辆自行车。

你偷不偷车,我们已经不追究了。你说这车是你的,你拿行驶证来吧!那民警一副公事公办的样子。

我的眼泪忍不住要下来了。我说这车已经破成这样了,还怎么拿得出行驶证呢?

我把好话又说了一箩筐,那几个民警也只顾自己聊天了。

等我小跑着回到学校的时候,下午第一节课已经开始,班主任已经在询问我的去向了。

我终于忍不住,开始了像我不争气的眼泪那样断断续续的叙述。车子的主人——我的同学于飞说,不要急,我们晚上回去找找。

我知道他是在安慰我。事实也证明了我的猜想。

不久,母亲知道以后,拿出些钱来,让我补偿一下于飞。

算了,一辆破车,值不了几个钱,于飞说,我路也不远,没关系的,同学一场嘛!

从那以后,家境贫寒的于飞,开始了步行上下学的高中岁月。

那辆车就这样丢失了。

当我写完上面这些纪念那辆早已尸骨未存的单车的文字时,电话响了。

胡作家,好久没见了,来喝我的喜酒吧!

我说,一定,一定,我还欠你一辆自行车呢!

于飞和我的笑声,在电话线两端,开成了两朵花。

美丽的谎言

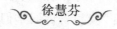

徐慧芬

　　明明瘦瘦的,十二岁了,看上去顶多十岁模样,大大的眼睛里,总好像藏着些什么。今天,他很怕到学校去,可是,学总是要上的。他不敢多想昨天的事情。

　　明明只有爸爸,而且爸爸是个盲人。他很爱爸爸。爸爸长得很帅,不仔细看是看不出眼瞎的。他一直不明白,妈妈到哪里去了,爸爸的眼睛怎么会看不见的。很小的时候,他问过爸爸。

　　爸爸能告诉年幼的孩子一个关于那个荒蛮年代留下的生死离恨的凄惨故事吗?能告诉孩子一个七尺男子汉因为感情的折磨而永远失去了光明吗?爸爸只是默然无语。那双大眼睛里的水使明明感到害怕,他再也不敢问爸爸什么了。

　　但是,昨天,这个孩子本来就伤痕累累的心又流了一滴血。语文课上,老师叫一位同学解释"睁眼瞎"这个词,那孩子想了一会笑嘻嘻地说,那不就是明明的爸爸嘛,眼睛睁得老大什么都看不见。大家都笑了,明明的心抽搐起来,他真想逃出教室去。尽管美丽的女教师严厉制止了大家,可是,明明整整一个下午都没有说一句话。

　　今天的作文课,题目是"我的家"。这个题目使明明的心又开始发颤。他拨动着笔,想了好久。他这样写了。他说,爸爸和妈妈原先在一个厂工作。小时候,爸爸妈妈常带他出去玩,妈妈常给他讲好听的故事。后来有一次,厂里失火,爸爸妈妈奋不顾身去救火。妈妈牺牲了,爸爸的眼睛被火烧坏了,他再也听不到故事了……

　　第二天,老师讲评作文时,明明的头一直低着。忽然,他听到老师用充满感情的声音在读他的那篇作文。同学们把头都朝向了他。

　　下了课,同学们都围着他,夸他的爸爸妈妈是英雄……此后好几天,明明都得到了大家不同往常的友爱。渐渐地,他的脸上有了笑容。

　　两周后的又一节语文课,预备铃响了,女教师踏进教室,明明正在哭。大家七嘴八舌在问明明,他的爸爸妈妈到底有没有救过火?有个孩子不知从哪里听来的,说明明骗了大家,他的爸爸妈妈没有救过火。女教师看着这一幕。

　　第二遍铃声响了,女教师开始了讲课。下课前的一分钟,她用目光扫视了全班同学,然后平静地说:"我想告诉同学们,明明是个好学生,他没有说谎。"

　　一周后,一个傍晚。明明出现在办公室,他抖动着嘴唇,说出了一句:"老师,那篇作文是我编的……"

　　女教师沉默了。她轻轻为明明擦干了眼泪,把他搂在怀里:"孩子,你没有错。"声音也是轻轻的。一大颗热泪顺着美丽的脸颊落到明明冰凉的手心里。

生命切片

徐慧芬

　　这一刻，他觉得自己的心脏仿佛冷却了。他勉强伸出微微颤抖的手，抹去积在眼窝里冰凉的泪水。不是害怕，这种病，他是早就知道有两种结果的。手术成功，可以多活几年，手术失败，直奔黄泉。

　　是愤恨、委屈、忧伤产生的悲凉。今天这个日子，有可能从此踏上不归路的日子，他的身边应该是有亲人的。妻是早已与他分手了，但是那一双健健康康的儿女呢，那一对也已为人父母的儿女呢，却以"忙"为借口，将老父丢给了外人——一个小保姆，连在父亲床前站一会儿都不肯。在一次次上门搜刮老头钱财的时候，在一趟趟求老头替他们开这个那个后门的时候，他们"忙"过吗？现在老了，退了，病了，他们也忙了！他恨恨地想，势利啊！畜生啊！一条狗呀也还懂得些回报呢！

　　直到上了手术台，麻药起了作用，他心头的翻滚才平息。

　　当他睁开眼，发现温暖的阳光透过玻璃窗投射在床上的时候，他才意识到，自己又活了过来。

　　手术十分的成功。外科主任向他道喜，并把一位中年医生向他介绍："这是刚刚从国外讲学回来的大专家，新中国培养的第一代医学博士，我们特地把他从机场直接接到这儿来救老局长的命，退休老人的命也值钱哪！"外科主任亦庄亦谐。

　　他吃力地睁大眼睛盯着这位救命恩人：方脸、剑眉、大鼻。似乎面熟，微突起的上颌，有手术缝合过的痕迹。

　　蓦地，他的心一阵痉挛，一种恐惧使他不由自主闭上了眼睛。

　　直到他再一次睁开眼，周围已不见了白大褂，他才强迫自己回首往事——将一个他曾丢弃的婴儿与这个有着非凡能力的救死扶伤者联系

起来。

是的,不会错,遗传的相貌作证,兔唇缝合后的疤痕作证。

四十多年前,他与一个女大学生偷食禁果,有了这个羸弱的生命,在犹豫了一段时间后,终于将母子遗弃。三十年前,一对患病的老夫妇辗转多处,打听到他这个生父,领着十多岁的养子找上门,求他认领,因为这对患病夫妇将不久人世。他那时正在上升阶段,在沉思了一会儿后,"理智"让他严肃地警告找上门的人,是他们搞错了。现在,命运似乎跟他开玩笑,硬把他不要的儿子送到眼前来。

整整半个月,他受着煎熬,到他熬不下去的时候,他终于决定在见到死神前,先在他遗弃的儿子前,说清自己的罪孽。

医院草坪的一角,一张石桌前坐着两个人。一个头发雪白,一个头发花白,相对着像在下棋,然而面前没有棋盘。一个老泪纵横,一个眼圈微红。

倾诉之后是长久的静默。终于,儿子拍了拍父亲的肩膀,轻轻叮嘱:当心身体。

他缓缓抬起头,嗫嚅道:"我想问一句,如果当初你知道你要挽救的是一个曾遗弃你的人,你还会赶来吗?"医生沉思了一会儿缓缓说道:"这是不用问的,救死扶伤是人道,是医生的天职。"

"那么,我还想问一句,在我行将就木之前,你是否会宽恕我这个罪人?"他的眼中有一种渴望,声音却轻微。

医生沉默了,慢慢站了起来,又坐了下去。

"这个问题,我的看法是这样的,"医生想了一会儿说,"每一个人,一生中难免会犯这样那样的错误,有的错如擦伤点皮,可以原谅;有的错如伤筋动骨,不容易原谅;有的错是粉碎性骨折,无法复原,那就用不上'原谅'、'宽恕'这些词的。"医生平静地打着比方,述说着自己的观点,像在对医学院的学生上课。

他活到六十多岁,做了近三十年的"官",还是第一次听到这些让他彻底醒脑的话。一刀见血,虽痛,然而痛快。他的脑子已被人捅了个洞,丝丝光亮开始漫进。望着儿子,他想,所幸的是,他离开我这么个自私的人,塑造得如此之好。

夕阳映过来的时候,俩人站了起来,握着手分开了。

他被儿子救活后又活了多年,临终前,他立了遗嘱,将一切遗产捐献给本市一家孤儿院,遗体供医学院解剖。

翅膀

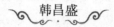

韩昌盛

贵阳找了两份工作。

白天在一家酒店当门童，笔直地站在旋转门边向客人致意，或者一溜小跑过去打开轿车门，迎来一位位衣着光鲜的客人。贵阳满面微笑，弯腰，伸手邀请，把手放在门边上搭凉篷，非常熟练。一米八的贵阳不做作，他向每一个客人微笑，包括经理和同事。经理有时停下来，看看，又笑笑，赞赏似的点头。贵阳不点头，用微笑，用舒展的眉毛回敬，让人一片阳光。

贵阳晚上六点钟下班，穿过宽阔的停车场，取出自行车，向武汉路飞奔。武汉路人多，华灯初放，已经有不少顾客开始打量路边的排档。贵阳往餐桌上放餐巾纸，看板凳放稳了没有。老板很客气，告诉他今天买到了什么菜又有什么菜没买到，贵阳认真地记，灿烂地微笑，行，我记住了。于是，他像鱼一样游弋，在餐桌间，在喧哗中，在一个又一个兴奋而明亮的客人中间。贵阳的声音很清脆，报菜名，报原料，绽放着开心和喜悦。客人就问，小伙子，这么开心？贵阳的眉毛像云一样舒展，你们来了，我就开心。老板听了，将炒锅掂得更欢，像是火中欢快的舞蹈。

轻闲时，老板就和他商量，再加两个小时，干到十二点，多加十五块钱。贵阳刷盘子，在泡沫中飞快地扭转双手，然后歉意地笑，我得回去，太晚了不行。经理也问，贵阳，夜班也干吧，加二十块钱。贵阳举手行礼，谢谢经理关心，我晚上回去不方便。经理怔了怔，可以住在酒店里，很方便的。贵阳立正，然后松了身子，正在处朋友呢！经理哦了一声，恍然大悟，进了酒店。

贵阳也进去，每天早晨七点钟，经理要训话，总结昨天的工作，安排今天的事情。贵阳经常被表扬，说是顾客留了意见，夸他阳光，勤快。经理眉飞色舞，说贵阳是一张名片，热情而且真诚。贵阳脸红红的，他偷偷地对林生

说，为了工资。林生理解，他和贵阳都是门童，却经常被批评。贵阳就安慰他，工作嘛，眼得活一些，我主要是为了工资。评上服务之星时，贵阳请林生吃饭，其实我是习惯了，干利索点就可以省点时间看人看风景。林生很感激，那顿饭吃了四十三块钱，服务之星奖金五十块钱。再来车时，林生就说，你歇会儿，我去。贵阳便微笑，对客人，便沉思，算收入。

晚上客人稀少时，贵阳也沉思。一边刷盘子，一边想今天花了多少钱。贵阳给自己定的标准是五块钱，早餐两块，午餐是盒饭，三块钱，汤不要钱。晚饭在排档吃，和老板一起，烧一个菜，下饺子，老板喝酒，贵阳不喝，老板说不算钱，贵阳脸红红地笑，知道，可是我不会喝。其实贵阳喝过酒，上大学时，敬村长敬父母，喝了半斤，也不醉。但贵阳提醒自己不能喝，老板对他已经不错了，允许他在六点半到岗，别人都是五点半，而且允许他只干到十点钟，工钱不低，二十块钱。贵阳算过账，加上白天，一天可以挣到四十块钱，去掉伙食费五块钱，还有三十五块钱，一个暑假就是两千一百块。这时，贵阳总会稍微振动一下，像轻轻的电流，划过身体。对，两千一百块，多么幸福的数字。

经理有时也问，要不你干前台吧？前台工资又高一点。贵阳又敬礼，敬得经理直笑，你小子，就喜欢站门口。贵阳松了身子，是，我喜欢站门口，能看到风景。其实他没说真话，他不愿干前台，或者服务员，在楼里走来走去，没有白天，没有黑夜，只有灯光，只有玻璃和厚厚的房门。贵阳喜欢站在门口，看着对面的火车站，那里有开往全国各地的火车，包括贵阳，那个和他名字一样的城市，一个他很想去却从来没有去过的美丽城市。火车响笛时，贵阳就向对面眺望，他对林生说，坐火车真好。

排档老板也认为火车真好，一下子把他从老家带到了繁华的都市。老板问贵阳坐火车半价吗？贵阳点点头，学生票，半价。老板就掂了掂炒锅，好好干，将来留在城市里。贵阳应了一声，端着盘子像鱼一样游走了。贵阳对自己说，留在城市，不是这里，而是贵阳。

贵阳在网上查过资料，贵阳是个好地方。贵阳到过火车站，问过去贵阳的火车票，两百多块钱。贵阳想等工钱结过后，告诉母亲，可以陪你回家了。

母亲不知道，母亲以为他在学校里读书，叮嘱他要注意身体，不要太累，上学的钱家里能挣够。贵阳每天晚上给母亲打电话，说不累，在图书馆里，有空调，比家里凉快。然后，开始看书，一个钟头，他告诉自己，要好好读书。

暑假结束了。贵阳请经理和林生吃饭，在老板的排档里，贵阳自己炒菜,炒锅在熊熊的火上舞蹈,他的脸被映红了。贵阳谢谢经理,老板,还有林生,让他挣钱,照顾他。贵阳还喝了酒,一小杯一小杯的。喝了酒的贵阳微笑着,谢谢你们,帮助我实现了一个愿望。

贵阳的愿望很简单,带母亲去一趟贵阳,那是母亲的家,那里有外婆,有舅舅,有大姨、二姨。贵阳打过电话,写过信,却从来没有见过面。贵阳没有说愿望的内容,母亲是贵阳农村人,二十年前被人拐到安徽的乡下,就一直没有再回去。母亲说,不回去,通电话听声音呢。可是母亲经常站在门口,向西南张望。贵阳知道,那里有一个叫贵阳的城市,还有外婆、舅舅、大姨、二姨。

贵阳走的时候,对着他们挥了挥手。然后,他停住了,他转脸,笑着,听,火车开动了。

十六岁的盛宴

韩昌盛

十六岁那年,我上初三。

临近中考时,县一中提前招生。浩子,大森,北京,还有我和刘海都报名了。

结果就考上了。家里人都说继续上,没准中考还能考上个师范什么的,早日吃皇粮。

但我们自认为有了保证,学习不那么用劲了。看着同窗红着眼睛读单词背政治,浩子说得想些办法打发一下生活。北京最聪明,互相转转吧,三年同学都不知道家在哪儿!

只有刘海有些犹豫。北京就拍他肩膀,认认门,又不比吃喝。大家都说是,苟富贵,勿相忘。

1992年的阳光很温暖。我们五个人在周末到了北京家,北京父亲是村长。村长家的酒菜很丰盛,有鱼有肉,还有两瓶罐头。看着我们一脸的惊奇,村长就说专门到镇上买的,你们尽管吃。大家都有些激动,因为谁也没有和大人同桌吃饭喝酒的经历,何况村长还庄重地喊着我们的学名,让听惯乳名的我们热血都沸腾了。回来的路上,浩子说我想唱歌,生活太美好了。幸福的歌声就像影子一样随着我们游走。

第二个周末是浩子家。刘海牵自行车时有些迟疑,还有几道数学题没做呢。北京就夺过车把,你真想考师范?浩子很生气地说,嫌我家没有好吃的?刘海笑了,我们都笑了,浩子家怎么会没有好吃的?他爸是厨子。

果然是一桌丰盛的大菜,有鱼有肉。浩子的父亲还精心将菜摆成各种形状,比如鸡蛋点缀上芫荽,花生配上葱蒜,让人赏心悦目。浩子说我爹从来没有做过这么好的菜。他爹端起酒杯幸福地说,那是因为你们都是人物。

年少的心一下就幸福起来了。而且这种幸福一直持续了两个星期，因为大森的爸爸竟然烧了一盆牛肉粉丝，虽然粉丝比牛肉多，但足以让大家两眼放光。我妈炸了丸子包了饺子，吃着过年的特产，我们惊人的一致，风卷残云，而且没有空暇说话。

到刘海家会吃什么呢？我们苦思冥想。看来刘海也是，见了我们竟有一丝躲闪。浩子说，也许有秘密武器吧，大家都咂咂嘴巴。

到了星期四，刘海竟然还没有正式邀请我们。性急的北京就嚷道，还叫不叫我们去了？浩子和我们都绅士地点点头，主要是认认门，吃都吃够了。刘海慌乱地说，该认门，我家不好找。

刘海家真不好找，我们跟着左拐右拐骑了两个多小时才到。他的母亲，一个瘦瘦的妇人，迎接着我们，叫我们进屋，让我们吃花生。北京客气地说，大，我们来玩呢，不吃东西。那个瘦瘦的妇人就笑，很慈祥地笑，没有好东西，只能吃花生了。

刘海说家里没地方，到村上逛逛。逛了很长时间，也没有什么特别，一样的房屋一样的牛棚池塘。但肚子开始鸣叫了，刘海说，该吃饭了，我爹也该回来了。

没看到刘海的爹，只看见满满一桌子的菜，有白白的土豆丝，青青的凉拌蒜，当然也有肉，有鱼，浩子不由自主地惊叹了一声，是鸡肉！一句话就勾起了大家的食欲，农家喂鸡母的下蛋，公的逢年过节卖个好价钱，没人舍得吃。我们找了凳子坐好，刘海也坐，刘海说吃吧，随便吃。我说大呢？他们怎么没来？要知道在那几家，家长都是陪着我们吃饭。刘海伸筷子，吃吧，我爹说年轻人一起吃，说话方便。

我就起身去喊，父亲告诉我要学会尊重长辈。到了锅屋门口，听见他们正在争吵什么，会不会因为我们的到来？

你怎么现在才想起来？是刘海的爹。

我忙晕头了，跟自家吃饭一样，忘记买了。那个瘦瘦的妇人有些委屈。

那你鱼怎么烧的？依旧是埋怨。

我直接放水煮了，这下丢人了。刘海的母亲扯起围裙在脸上擦了一把，透过粗大的芦苇泥墙缝隙，我想起了我的母亲。

默默地，回到堂屋。没有回答他们的诧异，我尝了一口土豆，我尝了一口鸡汤，我尝了一口鱼汤，咸咸的，没有一丝油味。刘海很羞惭的样子，我家炒菜不放油。一刹那，我们都不说话了，像在学校里犯了错误，后悔而且难

过。是我们的到来,那位可敬的阿姨杀了鸡,炒了很多菜,让她在穷苦的生活中又费尽了周折,生怕让孩子失去尊严。

浩子说其实我们家也不怎么吃油,都放盐。大淼说上次在我家吃饭,我妈心疼了好几天,说一顿抵得上两个月的油了。我使劲喝了一口汤,别说了,还是这汤鲜。大家都说这汤真鲜,多喝两口。

刘海的母亲搓着围裙,有些拘谨地站在桌前,北京就拍脑袋,大,你别生气,我们吃起来忘记喊你们了。大淼端起盆猛喝了一口,比我妈烧的鱼好吃多了。

我们是松了两节裤带走的。刘海的父亲没有送我们,他说上午打鱼时崴了脚。但我们都恭敬地在低低的烧锅屋里和他握手,像一个成年人一样话别。

1992年的阳光依旧温暖。在温暖中我们一下子长成了大人,回来的路上没有人再说话了。只有快到学校时,我忍不住恶狠狠地说了一句,下星期不准再转了,认真读书。他们都低着头,努力地前进着。

我知道,有了父爱,有了母爱,有了努力,有了尊严,人生这道宴席就是一顿丰盛的大餐。像刘海家的午饭,我从十六岁一直品尝到现在。

改变历史的善举

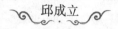

邱成立

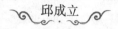

故事发生在一百多年前。

在一个普通的农夫身上，发生了一件很普通的小事。就是这件小事，影响了两个孩子的命运，改写了世界的历史。

当时，那个普通的农夫正坐在自己的家门口抽烟。他抽的是那种极便宜的、劣质的烟草，一缕缕刺鼻的烟雾从农夫的鼻孔里喷出来，弥漫在农夫周围混浊的空气中。

农夫才三十多岁，可是看起来至少也有五十岁了，脸上的皱纹一道一道的，皱纹里面，似乎还藏着一些泥垢。虽然脸上的皱纹与农夫的年龄很不相称，但是，农夫的身体却很壮实，看得出来，农夫有的是力气，那是长年辛苦劳动的结果。

农夫的烟抽了好大一会儿了，可还没有停止的意思。农夫在想：到什么地方弄一些钱，给自己的儿子交学费呢！农夫的儿子早已到了上学的年龄，可是因为交不起学费，只好在家里帮着农夫干活。才六七岁的孩子能干什么活儿呢？什么也不会干，净跟着瞎捣蛋呢！虽然农夫心里很清楚地知道这一点，可还是得让儿子跟着自己捣蛋。农夫常常对调皮捣蛋的儿子说：你个小烦人虫，老子早晚得把你送到学校去。可这么说了一次又一次，农夫却始终没有兑现自己的话。原因很简单，农夫没有足够的钱交学费。

现在，农夫又在发愁了，因为又到新学期开学的日子了。儿子上学的事儿不能再耽误了，再耽误儿子就真没有机会上学了，再耽误儿子长大就只有当文盲了。农夫知道，当文盲是不用交学费的，谁都可以当。

农夫当然不想让自己的儿子长大当文盲，可到哪里去弄钱呢？农夫一想起这事就头疼。

131

正在农夫头疼的时候,农夫听到远处有孩子们的喊叫声:"快来人呀,快来人呀,有人掉粪池里啦! 有人掉粪池里啦!"

农夫的身子哆嗦了一下,头也立刻不疼了。农夫立刻站起身,拔腿就向粪池边跑去。农夫知道,自己的儿子就在粪池子附近玩耍,莫非是儿子……农夫不敢往下想了,农夫把身上的劲儿都用到了腿上和脚上,农夫跑的速度越来越快了。

农夫很快就来到了粪池边,只见粪池中间有一个地方直往外冒泡泡,一个孩子的脑袋在泡泡里一伏一沉,一沉一伏。一大群孩子围着粪池又跳又叫的,却没有一个人敢跳下去。农夫的眼睛迅速地在粪池边上扫视了一圈,又跳又叫的孩子中没有自己的儿子,农夫的心里又是一沉,再也没有时间想别的,立刻奋不顾身地跳进粪池,一只手拽住了孩子的一只胳膊,另一只手迅速摸到了孩子的腰,两只手一用力,孩子就被农夫托到了头顶。孩子刚弹腾了两下腿和脚,就被农夫轻轻地抛到了粪池外边。

孩子得救了,孩子的父亲也正好赶来了,抱着孩子又是揉肚子又是掐人中,忙得不亦乐乎。看到孩子的父亲,农夫这才知道自己救出来的并不是自己的儿子。知道自己的儿子并没有掉进粪池里,农夫长长地舒了一口气,一身轻松地向家里走去。跟着农夫的脚印,洒了一路的猪屎马尿,还有一股股刺鼻的臭味。

不到一支烟的工夫,孩子的父亲就循着农夫的脚印和臭味追来了。

孩子的父亲是来向农夫表示感谢的。

孩子的父亲是英国上议院的议员,为了报答农夫的救子之恩,他把农夫的儿子带走了,他要供农夫的儿子上学。

后来,农夫的儿子从英国著名的圣玛丽医学院毕业了。1928 年,农夫的儿子发明了青霉素。青霉素是最先用于治疗细菌感染的抗生素。虽然现在细菌感染不再具有危险性,但在未开发青霉素之前,许多人死于细菌感染。譬如说,只要伤到指甲就可能导致死亡。即使是现在,青霉素也是使用最普遍、抗菌效果最显著的药物,青霉素的临床应用为全人类的健康带来了福音,它和原子弹、雷达并列,被称为二战时期世界三大发明之一。故事讲到这里,你可能已经知道了,农夫的儿子就是世界著名的细菌学家亚历山大·弗莱明。

农夫从粪池里救出来的那个孩子,在二战中以自己杰出的才能,极大地推进了世界反法西斯战争的胜利进程,他治理国家的超凡智慧受到了人们的普遍崇敬,以至于全世界几乎没有人不知道他的名字——温斯顿·丘吉尔。

那个普通的农夫做梦也没有想到,自己一次很普通的善举,却改变了两个孩子的命运,甚至改写了世界的历史。

并非关于苹果的故事

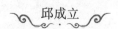

邱成立

　　要过年了,各单位都忙着分发年货。丈夫分回五十斤苹果,妻子也领回五十斤苹果。这么多苹果,吃是吃不完的。丈夫想起了曾热情关怀、培养过他们的母校的老师们。

　　丈夫摸出一支烟,点燃了,然后铺开稿纸,提笔问妻子:"你看都送给谁好呢?"

　　"校长必须得送!"妻子想也没想地说。

　　"对!"丈夫欣然同意。吐出一口烟雾。写上:"校长二十斤。"

　　"还有咱们班的班主任——马老师!"妻子想了想说。

　　"嗯,"丈夫埋下头,稿纸上又出现了一行字:"马老师二十斤。"

　　妻子又想了想:"还有胡老师!"

　　"对! 丈夫头也不抬,刷刷写上个"胡"字,又停住了,"哪个胡老师,我怎么记不得了?"

　　"你当然记不得了,那时你和我不在一个班。胡老师是我们班的班主任,对我蛮好的!"

　　"噢,我想起来了,是有这么回事!"丈夫刷刷刷,一路写下去:"……老师,二十斤。"

　　"对了,还有黄老师,虽说只教了我们两个月,可也是老师呀! 再者,他们几个在一幢楼里住着,厚此薄彼的,让黄老师知道了……"

　　"对,对。写上,写上了。"

　　"还有,还有……"妻子闭着眼睛想了想,最后说:"我想不起来了!"

　　"我倒想起来一个,"丈夫看了看妻子:"教物理的陈老师,你可能忘了,他没教过你!"

妻子点点头:"写上,写上吧!"

丈夫埋下头,笔尖沙沙响起。

"写完了吗?"

"写完了。"

"数一数,看多少人了?"

"一、二、三、四、五。五个。"

"一个人送二十斤苹果,五个人不就是一百斤吗? 都送完了,咱们吃什么? 改成十五斤吧!"

"十五斤就十五斤!"丈夫的笔尖动了动。

"唉呀,我刚刚想起,那幢楼里还住着张老师,李老师,赵老师……虽说没教过咱,可也是母校的老师呀! 保不准以后还要教咱们的孩子呢! 不送苹果,会不会得罪他们?"

"那就一人五斤?"

"五斤? 大过年的,五斤你拿得出手?"

"那就,那就——不送!"

"不送?"妻子皱了皱眉,"不送就不送,那就谁也得罪不了啦!"

过了年,天气转暖,苹果眼看要烂了……

白宝石

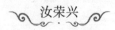

汝荣兴

　　白宝石？我只知道宝石有红的绿的蓝的……甚至也有黑颜色的,可从来不曾听说过还有白色的,你老兄有没有搞错呀？

　　甲便在这个时候卖起关子来:看来你是不想听我的故事？也罢,我就不讲啦。

　　这样,虽然依旧满腹狐疑,我对甲的故事的兴致却是被极大地调动并增强了起来。我不禁想:这世上或许真有白宝石吧？白宝石会是什么样的呢？甲的那个叫作白宝石的故事又将是怎样的一个故事呢？

　　于是我就给甲扔过去一支香烟,同时催他:讲呀讲呀,你快讲呀,我想听你的故事。

　　甲便不露声色地莞尔一笑,然后边点着我扔过去的香烟,边慢条斯理地讲起了那个被他称作白宝石的故事来——

　　话说有个男孩,他当时八岁,不,或许是十八岁吧。一天,他在路上见到一个人,总觉得这人有些面熟,但就是一时记不起来他是谁——嗨,他是谁呢？男孩挖空心思地想呀想,可能想了有三天,也可能是三个月,总之,男孩到最后总算是想起来这人是谁了。原来,这人是男孩家先前的邻居,后来,这人搬走了,搬走已经有两年时间了,所以男孩一时竟想不起来他是谁了。

　　说到这里,甲没了声音。但甲脸上依然保持着一开始时的那种笑意。这之后,甲笑嘻嘻地掏出来他的香烟,自己叼一支,也回扔给了我一支。

　　我便赶忙掏出打火机替甲点着了香烟。自然,我自己也点上了。只是,我已没心思去抽烟。我想,甲这是要以香烟助他的故事呢。我又想,讲到现在,里面还没出现白宝石,这说明一切还不过是个引子呢。我还想,接下去的故事才算是真正开始了呢——不知那男孩跟白宝石会是什么关系？或者跟白宝石有关系的该是男孩的那个邻居?

这么想着,我就心情迫切地盼着甲再开金口。

但甲似乎又在卖他的关子了,他只顾笑嘻嘻地抽着香烟,他甚至还笑嘻嘻又悠然自得地冲我吐了个十分圆满的烟圈。

我便有种忍无可忍的感觉,就第二次催甲:你老兄倒是抓紧时间给讲下去呀!

完了,我讲完啦。甲回答,同时又冲我吐出一个很是圆满的烟圈。

我想那时候我的眼睛一定是瞪得比鸡蛋还要圆了:什么?完了?你已经讲完那个叫作白宝石的故事啦?可那白宝石呢?你所讲的这一切中哪有白宝石呀?

针对我这连珠炮似的一连串问号,甲不慌不忙,脸上还是那种笑嘻嘻又悠然自得的神色,同时慢条斯理地对我说道:重要的并不是我的这个故事里究竟有没有白宝石,甚至也不是我所讲的到底算不算故事,而是你老兄虽然心存疑虑却还是兴致勃勃地做了我的忠实听众——你尽管不怎么相信,可事实上又绝对相信地进入了我的圈套!

你——你小子原来是在耍我?!

也许可以这么说。但问题是:你为什么会被耍?我们的生活中为什么总有人会自觉不自觉地去相信自己原本并不相信的东西?

在回赠我如此两个问号后,朋友甲意味深长地看了我一眼,然后嘿嘿笑出了声。

教授的青花瓷瓶

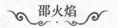
邵火焰

　　教授上课前来到教室,请学生们帮他一个忙,把他家里的一些青花瓷瓶搬到教室里来,说等会儿上课要用到这些青花瓷瓶。教授说:"愿意帮忙搬青花瓷瓶的同学请举手!"结果全班五十多名学生闹哄哄地都举起了手。教授挑了十几个平时胆大的学生,跟着他来到了他家。

　　教授家的储藏柜里摆着十多个高大漂亮精致的青花瓷瓶。有学生问:"教授这瓶这么贵重又这么易碎,假如我们搬运时摔碎了要我们赔吗?"教授说:"这瓶别看色这么好看,其实并不值钱,五十多元就可买一个,你们尽管搬,万一碎了你们也赔得起,怕什么呢。"学生们一听,嘻嘻哈哈地每人抱起一个瓶子就向教室跑去,把瓶子整整齐齐地摆在了讲台旁边的桌子上。

　　开始上课了,教授说:"同学们,你们知道你们刚才搬来的青花瓷瓶每个值多少钱吗?"

　　有学生答:"你刚才不是说了吗,每个五十多元。"

　　教授笑了:"那是骗你们的啊! 这种类型的青花瓷瓶,国内市场价,每个两万多元。"

　　"啊……"同学们瞪大了眼睛。刚才抱来瓶子的好几个学生心里一惊,因为他们以为瓶子不值钱,在路上险些摔到了地下。

　　这时教授的手机响了,教授按了免提键,全班同学都听到了教室与教授夫人的对话,夫人让教授把青花瓷瓶马上送回家。其实这个环节是教授事先设计好了的。

　　教授说:"同学们,你们都听见了吧? 夫人要我把瓶子马上送回去。看来还得请同学们帮忙,帮我搬回去。"教授顿了一下,用眼光扫视了教室一圈后说,"愿意帮忙搬青花瓷瓶的同学请举手!"

这次教室鸦雀无声，没有一个同学举手。

教授问："怎么，没同学愿意帮我搬吗？说说，为什么？"

有同学回答："不敢搬，怕摔了。"

"那刚才搬来时，为什么敢搬呢？"教授微笑着问。

"那是因为我们不知道它的价值。""那是因为我们以为即使摔了也赔得起。"……

教授收住了笑容，在黑板上用粉笔写下了一行字："无知者无畏，心态很重要，它往往能决定成败。"

同学们频频点头……这堂课上得很成功。

下课时，教授拿起一个青花瓷瓶，用力地摔在了地上，然后捡起一块碎片说："其实，这些瓶子都是我买回的次品，五十元也不值。"

学生们哈哈地笑了。教授也笑了起来，教授问："有同学愿意帮我把这些瓶子搬回我家吗？"

同学们的手都举了起来。

母亲的"报复"

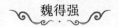

魏得强

　　我们兄弟俩小时候,父亲很懦弱,经常受村里人的欺负。母亲纵然刚强,也无法改变这个事实。欺负我们最凶的是我家对门的邻居,他们好像和我父亲结下了冤仇,经常找我们的茬,父亲有时候也想辩解两句,邻居两个铁塔一般的儿子往前一站,我父亲就败阵而回了。

　　那一次,邻居家的大狗丢了,我心里正暗自高兴,他们却找上我家了,认定了狗是我父亲偷的,原因是那条狗曾咬过我父亲。我父亲当然不承认自己没有干过的事,最终的结果,邻居把丢狗的恶气都撒到了我父亲身上,两个"铁塔"把父亲暴打了一顿。那一年,哥哥十五岁,我也十岁了。我们都咽不下这口气,哥哥拿出了厨房的刀,要领着我和他们拼命。

　　我们还没有走出院门,就被母亲拦住了。母亲把我们揽到怀里,哭着说:"孩子,不能去呀,这仇我们一定要报,不过现在不是时候呀!"

　　我和哥哥都愣住了:"都欺负到这个地步了,啥时间才是时候啊?等我们长大了吗?"

　　母亲点点头又摇摇头,用手和我们比画:"打架不是硬冲,拳头只有先往后缩,发出的力量才会更大。"

　　见我俩都不理解,母亲又叹着气说:"你们这个年龄,正是攒力量的时候,只要好好读书,一定会有出人头地的那一天。到那一天我们再报复他们,还会不赢吗?"

　　这一次,我们兄弟都重重地点头。是的,我们邻居之所以这样横,还不是因为他们家有一个在外地工作的二叔。

　　经历了这件事,我们懂事多了,将仇恨压在心里,学习非常勤奋。邻居仍时不时欺负我们,我们都忍下了。我们坚信母亲的话,"君子报仇,十年不晚"。后来出现了奇迹，我们那个小村庄里出了两名大学生，那就是哥哥和我。哥哥上了医学院，我毕业后当了一名教师，岳父是县里的一名领导。

我们有出息了。虽然父母变老了，可再也没有人欺负他们了。相反，两个"铁塔"见了父母，总是低着头。经过岁月的磨砺，我们也渐渐成熟，那埋藏在心中对邻居一家的仇恨也变得云淡风轻了。

忽然有一天，我接到母亲的电话，她很急切地要我回去，并且带上两千块钱。一定是家里出了什么事，我不敢耽搁，风尘仆仆地往家里赶。她接过我的钱才说："你邻居周大伯家出了事，大龙被汽车轧断了双腿，二龙年前因为偷东西进了监狱，没人帮他们，你们兄弟就替妈帮他们一把吧。"然后母亲又指着同时赶回家的哥哥说："你是医生，在县城给他们找一个最好的医院和大夫。"

我一听，火就涌了上来，大龙二龙就是邻居家的"铁塔"，母亲该不是老得昏了头吧。

见我和哥哥都没动，母亲又拿出以前的口吻对我们说："读了这么多年的书，还不如我这个老婆子。你们想，没有邻居他们一家，你兄弟俩能这么有出息吗？我当年要你们报复他们，就是要你们有出息了找机会感化他们啊。"

看着母亲慈祥的眼睛，我恍然大悟。是的，邻居一家尽管伤害过我们，可那种伤害不是早让母亲化为我们争气的动力了吗？这样想来，我们还应该感谢他们呢。正像母亲做的，我们何不用关爱这种另类的"报复"方式，来化解邻里间的坚冰呢？

多爱一次

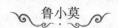

鲁小莫

　　前年朋友患眼疾,视力严重下降,外物在他眼里只是一团模糊。那是一段心灰意冷的日子。先是单位借故辞退他,而后女朋友离开他。他的心里,成天灰蒙蒙地飘着细雨,心底也结一层厚厚的青苔。

　　每天下午他都要去附近一家医院治疗,傍晚时分,再顺原路回来。这条路,他走了二十年。路边的一草一花,路面的每一块石砖,他再熟悉不过。可屋漏偏又逢下雨,那段时间,这段路整修,这一处那一处,到处被挖得坑坑洼洼。

　　他极力辨认着坑洼处,尽量绕开,可还是不可避免地闯进去,一次次摔倒。周围是匆忙的人群,那些修路的民工,也只是低头苦干。似乎所有的人都在笑话他,又似乎根本没人注意他。他的心里充满愤怒。以前,他曾多次帮助盲人过马路,可为什么自己需要帮助时,无人理睬?他想,视力恢复后,他一定将这些愤怒,扔垃圾一样统统还给周遭。

　　他摔了三天跤。第四天,再经过这段坑洼路时,他听见一阵咚咚咚的脚步声,一个小男孩跑来,说,叔叔,我帮你。一只小手伸进他的手心。

　　他的心里吹进一股清凉的风。他想,这个世上,也许只有孩子的心,是最纯净的地方吧。

　　由男孩牵引,他很顺利地通过坑洼处。他刚想说声"谢谢",男孩一转身,丢下一句"叔叔再见",一溜烟跑了。

　　此后的第二天,第三天……天天如此。

　　男孩总是及时出现在他身边。他有些惊讶,问起才知,男孩住在路边的那片住宅楼上,从自家的阳台上,就可看见他走过来。

　　他微笑着问,你家住哪一栋哪一层?他想视力恢复后,一定要登门感谢,感谢男孩,感谢男孩的父母。

男孩却沉默一会儿,说,叔叔,妈妈说,不要告诉陌生人住在哪里。

他笑了,不再过问。

第二天,他带来一罐饼干。饼干是一位韩国朋友送的,包装精美,口味独特。他想小孩子总是嘴馋,这次一定不会拒绝。

没想到男孩又沉默一会儿,说,叔叔,谢谢你!可妈妈说了,不能吃陌生人的东西。转身又跑了。

他拿饼干的手擎在半空,愣住。原以为孩子的心,是没有污染的天空。其实,孩子同大人一样,也会遭遇冷漠,自私,欺骗……于是,孩子早早地学会保护自己。这也许无可厚非。令他感动的是,尽管男孩心存警惕,却不妨碍他用一颗善良的心,帮助别人,爱别人。

他觉得一股强烈的阳光,猛地射进他的心。心底那些阴湿的青苔,迅速干枯。

眼睛康复后,他又找到一份工作。工作中竞争很大,但他却能够以德报怨。渐渐地,他成了同事与朋友中,倍受欢迎的人。

朋友对我说,那段路,他还常常走过,他的掌心里,始终留有男孩的温暖。是男孩教会他,不管世界怎样,都不妨碍我们做个好人,多爱一次,世界多一份光亮,而我们,也会因此多获一份温暖的力量。

玩家

陈 勤

　　山势巍峨，一条细小的山道蜿蜒缠绕。揣着美玉，聚兴城的赵六爷沿着山道摇着纸扇走走停停，一路呼吸着清新的空气并欣赏着美景，真个是心旷神怡。

　　到得古寺，慧鉴大师正在清扫落叶，轻轻将落叶扫至一堆后，再送至旁边树林预先挖好的坑里，撒上一层泥土掩埋。

　　做完这一切，慧鉴大师为赵六爷泡上一杯清茶。

　　"大师，您这儿真是好地方，空气清新，景色壮美，又没有俗世的烦扰，我都想待在这里不走了。"赵六爷由衷地说。

　　"施主如果喜欢，尽可留下。"慧鉴大师合十说道。

　　"哎，想倒是想，可是钱庄事务缠身，走不开啊，只能偶尔抽空来沾沾您的仙气。"赵六爷不无遗憾地摇头。

　　鉴赏完美玉，一张方桌，两把竹椅，二人对弈渐酣。

　　山道上奔来一个人影，是赵家下人赵二。赵二气喘吁吁跑来，见过慧鉴大师后，将嘴附在赵六爷耳边，一阵嘀咕。赵六爷的脸渐渐由晴转阴，"你马上回去告诉少爷，无论花多少钱，都要想法买过来。"

　　赵二领命而去。

　　原来，这赵六爷是聚兴城首富，生平喜好收藏古玩，前几日在邻县寻到一明代青花瓷，只因对方要价太高而未买下，这几日一直耿耿于怀，没承想刚才赵二来报，聚兴城的李三爷已将青花瓷买回。这李三爷只是一普通商人，做点小本买卖，败在他的手下，让赵六爷觉得这个脸丢大了。

　　"施主，我可要将军了。"慧鉴大师一句话将赵六爷的思绪拉回，赵六爷重新凝神下棋，却怎么也找不回先前的那份平静与坦荡。

一局结束，慧鉴大师获胜。赵六爷推开棋盘，微微叹息，正欲开口告辞，山中另一寺庙慧能大师的弟子手中托一木盒赶来。

"师叔，这是我和师父在华山采的，给您送来。"

"有劳你和师兄了。"慧鉴大师接过木盒，轻轻打开。赵六爷探过头去，盒中竟是一片枯黄的树叶。

"大师，您要这树叶做甚?"赵六爷惊奇地问。

"我师叔喜欢收藏树叶，他收集得可多了。"小和尚说。

"原来如此，以前怎么没有听大师提及?"

"个人爱好而已，不足为外人道也。"慧鉴大师语道。

"可否让我开开眼界?"

"但看无妨。"慧鉴大师起身从屋内捧出几个木盒，打开木盒，里面是书，再打开书，一片片树叶夹在其中。赵六爷小心而仔细地一页页翻过，心中不由得赞叹不已。这些树叶形态各异，被秋霜浸染出各种明暗相间的图案，浑然天成，即便是大画家着意为之，也难免相形见绌。更具匠心的是，慧鉴大师还在一些叶片上，顺着叶子的形态、颜色，随意用画笔勾勒几笔，竟变成了一幅幅意境深远的山水画、形态逼真的罗汉图! 此时的树叶已不再是普通的树叶，而仿佛一个个意境空灵的生命的大宇宙!

"大师真是高人，竟连收藏爱好也与常人不同，这般雅致而幽远。"

"非也，施主错了，贫僧喜欢树叶与施主喜欢古玩并无二致。古玩也好，树叶也罢，无非就是一玩物，让我们心中愉悦，如此而已。"

如此而已? 赵六爷心中思忖着慧鉴大师的话，忽然似有所悟。"多谢大师指点!"他起身告辞，疾步追赶赵二。

母亲的全部

陈 勤

　　"再来一杯!"杰克把口袋里最后的五十美元扔到柜台上,然后接过服务员递过来的威士忌一饮而尽。

　　摇摇晃晃走出酒吧大门,迎面一阵风吹来,杰克不禁打了个寒颤,人倒霉连老天爷也来欺负,想到自己就要在这阴沉晦涩的天气里走向另一个世界,杰克心里一阵悲哀。公司倒闭,朋友背叛,妻子离弃,一连串的打击让杰克丧失了活下去的勇气。

　　前方有一个老妇人,一只手提着个篮子,另一只手拎着个大麻袋,弓着腰吃力地走着。

　　在生命的最后时刻做件好事也不错,说不定上帝会因此让自己上天堂,杰克自嘲地想。"我帮您提吧。"杰克上前对老人说道。

　　"谢谢,您真是个好孩子。"老人高兴地说。虽然这叫法让杰克有些别扭,但同样让他有种甜蜜与温暖的感觉。

　　"您口袋里装的什么呀,还挺沉的。"杰克问道。

　　"马铃薯、南瓜、玉米、番茄,还有葡萄,全是我种的。"老人一脸自豪。

　　"哦,您真厉害。那您这是去哪儿?"

　　"去看我的一个儿子。"

　　"应该让他来接您呀。"杰克说。

　　"他来不了,每次都是我去看他。"老人快活地说,一点没有生气的样子。

　　从老人絮絮叨叨的叙述中,杰克知道,老人已经三个月没见到儿子了,因为这三个月正是地里最忙的时候,老人种了十几亩地,还有一大片葡萄园,托上帝的福,全都丰收了,所以老人特意带上这些新鲜东西让儿子看看、尝尝。

"他最喜欢吃我炸的马铃薯了,每次吃都特别高兴,你也尝尝。"老人微笑着,从篮子里夹起一个送进杰克嘴里。

"真香!"杰克由衷赞叹道,马铃薯的香味和母亲做的差不多,想到远方的母亲,杰克心里一阵绞痛。

"您那么爱您的儿子,为什么不和他生活在一起?"杰克问。

"他太忙了,经常在各个国家飞来飞去,总有那么多的事需要他处理,当他拖着疲惫的身体回到家看到我这个老婆子只会让他更愧疚,所以我老婆子就一个人住在乡下,反正我又不懒,能自己养活自己。不过现在好了,他总算不忙了,我想什么时候去看他都可以,还可以给他带好吃的。"老人絮絮地说。

从老人的描述中,杰克仿佛看到了从前的自己,整天追名逐利,忙忙碌碌,却忽略了远方有一位老人在日夜牵挂着自己,可如今自己只会让母亲难过和蒙羞。杰克从心底里羡慕和祝福这对可以时时见面的幸福母子。

夜色渐渐降临,前面是一片墓地,老人没有绕行,而是径直朝里面走去。或许她想顺道拜祭一下亲人,杰克想。

走到最里面的一块墓碑旁,老人停住了脚步,然后打开篮子,将里面的菜一个个端出来,轻轻地放在墓前。"孩子,我今天又做了你喜欢的马铃薯,快尝尝。还有,妈妈今年种的东西都丰收了。你看看,妈妈多厉害呀!"老人边说边从口袋里把东西拿出来一一摆好。"三个月没见了,妈妈今天一定好好陪陪你。"老人缓缓抚摸着墓碑上的照片,无限慈爱地说。

眼前的情景让本已麻木的杰克瞬间清醒,惊愕、感动之余他觉得自己忽然有了活下去的勇气和欲望,他甚至希望下一秒就能飞到母亲身旁,细数母亲的白发,向母亲倾诉自己的烦恼、忧伤。因为这一刻他明白了,母亲或许只是他生命的一部分,而他不管成功与否,健康与否,甚至活着与否,都永远是母亲生命的全部。

大学路

张利香

　　弯弯曲曲的小路，触目处皆是绵延的山。生在山区的她，当一个远房表叔对她说起大学路时，她的心便波澜起伏起来。要知道那可是她梦寐以求的地方啊。如果当初不是因为贫穷而退学了，现在的她，也许会坐在那大学堂里吧。想到这，她常常怔忡地发呆。

　　表叔对她说，那条大学路少个扫地的，一个月六百元钱，怎么样？

　　她知道表叔的意思是问她去不去，一个女孩子去扫大街，是很少有人会愿意的，随便进个厂也比扫街好听得多。

　　然而，她却执着地去了。

　　她在大学路上认真地扫地，扫帚挥舞在她手上，每日里，她快乐而又兴奋着。

　　大学路上的每一张纸，每一片落叶，在她眼里，都闪着炫目的光芒。

　　扫到大学门口时，她会痴痴地呆望上片刻，然后，微笑着继续扫地。

　　有一次，她扫到大学门口，望着校园发呆时，一不小心扫到了一位上了点年纪的男人。男人看见扫帚，下意识地跳了一下。她从发呆中反应过来，不安地说对不起。

　　男人看着她说，没事，没事，是我走得太近了。男人手上拿着好几本厚厚的书。男人说，你很喜欢读书吧？

　　她脸红红地点了点头。

　　总看见你站在这的身影哩。男人望着她说。

　　她听了不好意思地笑了笑，说，校园真美啊。

　　充满着梦想的地方总是美的。男人笑着说道，来，这些书给你，我猜你应该是喜欢书的。这是我特意挑选出来给你的书，你拿着，有时间了就好好看看。

她的眼里闪过惊喜,捧着那些书,她把它们闻了又闻。

他看着她的样子微笑。

晚上,她伏在纸箱上写日记,这是一本拾来的日记本,日记本上只写了几页便给丢弃了,她如同拾了宝贝,一下又一下地把污脏擦去,日记本封面上露出了清新的容颜,上面写着:一个人拥有梦想并实现它,是最幸福的事情。她看着日记本上的字,一遍又一遍,心生喜欢。

随后的每晚,她便在日记本上记下她的生活,大学路上的学生、儒雅的老师、大学那气势昂然的教室、梦想、乡亲、思乡心情,一点一滴,便在她的笔下流畅开来。

写完日记后她便看书,看男人送给她的书,莫泊桑,福楼拜,一个又一个陌生的人物展现在她的眼前,一页一页,她极认真地读,常读至大半夜还不舍放手。

后来,她在扫地的时候,便常常碰到那位男人。男人估摸着她已看完了前面几本书,时不时地给她另外几本。她有时也去他那帮忙做一些家务,顺便借一些书。

那一次男人给她书时,正好碰上她的母亲打电话给她,她高兴地对母亲说,妈,我在大学路扫地哩。大学路三个字她咬得特别重,那骄傲的神情,仿佛在大学做教授。男人看着她的样子,笑了,然后对她说,只要你坚持,梦想一定会实现的! 她认真地点头。

多年以后,已是名作家的她拉着亲爱的他,来到了这条路。她兴奋地指给他看,说,看啊,看啊,这就是我的大学路。他一脸疑惑地看着她。她不理他,继续拉着他来到了一位男人身边,挽起那位六十多岁的男人的手对他说,这就是我的大学老师,给我送了无数书的老师。

他终于忍不住问她,你不是说你没上过大学吗?

她笑,但是我有大学路,有大学老师哩。

她和老师相互对视了一眼,会心地笑了。

盲人玫瑰

许福元

齐先生是个盲人,在自家的大门口,却栽培着令人惊羡的几丛玫瑰。年年岁岁,燕子来时,花开东墙。

玫瑰开放的日子,也是齐先生最快乐的日子。因为有流水似的人群,在花丛旁驻足,他细听人们赏花品评。

两个姑娘为一朵花的颜色,正在发生一场小小的争论:

"你看,这朵花是胭脂红。"

"不对,应该是绛豆红。"

"胭脂红!"

"绛豆红!"

双方争执不下,只好请齐先生裁决。

齐先生一笑,款款说道:"你们俩个人说得都对,又都不对。就这朵花的花瓣里外来说,里面是胭脂红,外边是绛豆红。就这朵花的上下来说,下边是胭脂红,上边是绛豆红。从整体效果看,应该算霁红。花朵的颜色,又随天气变化而变化。晴天的时候,可借用瓷器上的郎窑红。雨天的时候,又像矾红。早晨和晚上又不同,早上阳光一照,桔红中带桔黄,这桔黄中又掺和些炒米黄。晚上夕阳西下,这绛豆红中又揉进了冈比亚红。太阳落山了,冈比亚红又变成茄皮紫了。"

两个姑娘听直眼了,他是盲人吗?

渐渐围上一小群人,七嘴八舌,又开始研讨叶子的绿。最后,还是请齐先生点评。

齐先生不紧不慢,用手摸着带倒刺的玫瑰枝条说道:

要说绿,先要说黄。惊蛰过后,酱黄色的枝条开始泛绿,这时的绿是豆绿,颜色有些暗,有点青淡含蓄。慢慢绿意渐浓,变成粉青。到了春分,就有了苹果绿底子上洇出了柳叶绿。柳叶绿并没有走下去,却向着秋葵绿转弯了。清明时节,星星点点的就冒出绒绒叶芽,颜色是米汤黄,一天一个样,变成鹅黄。谷雨以后,叶子一天几变,才由孔雀绿变成瓜皮绿。一直到现在才定型,叫翠青绿。一片叶子与另一片叶子,绿得不一样,有深浅相别。一片叶子,阳面与阴面也形象各异。就说我摸着的这片叶子,阳面可以叫豆瓣绿;背后呢,只能算是郎窑绿。

一个盲人,对颜色的判断,如此准确、细微,精致,人们"啧啧"折服。一个人有些疑惑:玫瑰是您亲手种的吗?

齐先生伸出双手。这双手粗糙,厚重,青筋暴突。手背上伤痕累累,那是被玫瑰枝条的倒刺制造的。齐先生一笑,"玫瑰,就是我的知己,就是我的爱情,就是我的大爱。冬天,我给它盖被子;春天,我喂它猪血。玫瑰开放了,你们不是都来赏花了吗?"

还是有人不解,"您双目失明,怎么会甄别各种颜色呢?"

齐先生大笑,指着眼前一群人,"有多少人像你们一样,一年一年,一拨一拨,经过我的门口。观花、赏花、谈花、议花、论花、评花、品花。我眼睛是看不见,可我耳朵灵啊。你们看到了,就如同我看到了,我在借你们的眼睛啊!"说毕,齐先生向大家鞠了深深一躬,连声说:"谢谢,谢谢!"

人群中不免唏嘘:种花人竟不是赏花人!

齐先生却淡然一笑:人生如花,次第开放,种花人又何必是赏花人呢?

国王第二次寻找继任人

何百源

　　很久很久以前,有一个内陆小国。国王木龙已八十八岁高龄了,他感到自己时日无多,一心想物色一个理想的继任人。

　　上了年纪的木龙国王都还记得,七十多年前,他还是一个十来岁的孩子,也是在这个皇宫广场,是老老国王一手选定自己为王位继承人的。

　　那时候,老老国王召集了全国的孩子,发给每个孩子一小袋花籽,要求每个孩子在规定的时间里,拿育好的花苗来皇宫广场接受检阅。结果,除木龙以外,其他孩子手里捧着的都是鲜花,并且一个比一个漂亮。只有木龙,手里捧着一个只有泥土的花盆,上面什么都没有。但是老老国王最终却选定木龙为王位继承人。

　　原来,发给每个孩子的花籽都是煮熟了的,根本不可能发芽。老老国王说,只有木龙这孩子最诚实。

　　现在,八十八岁高龄的木龙国王有了新的打算。他让国务大臣将全国十二至十五岁的孩子召集到王宫广场来。十三岁的男孩子岩松也来了。木龙国王对全国的孩子发表了一次演说,然后让农业大臣发给每个孩子一小袋玉米种子。

　　玉米是他们国家唯一能栽种的农作物。因为很多年前,这个国家遭遇了大旱,全年滴水未降,颗粒无收。其他农作物都旱死了,唯一幸存了一些玉米。所以,玉米种子成了比黄金还要珍贵的宝贝。木龙国王要求两个月后,大家将玉米秧苗带到广场来接受检阅。

　　岩松回到家里,按照育苗程序对种子进行浸泡、催芽……然后打算用最好的泥土,种在最好的花盆里。

　　但是十几天过去了,一点儿芽星都没有出现。

岩松又进行了第二次播种，依然不见发芽。

他想了三天三夜。他想，难道国王还是拿煮熟的种子来考验我们的诚实吗？

父亲很希望儿子能成为国王的继任人。父亲说，你拿家里的好种子去育苗不就成了吗？

岩松说，不行！国王说了，假设又遭大旱，全国颗粒无收，一粒种子都没有了呀！

于是，岩松决定到邻国去买种子。他带上褡裢，里面装上干粮和水，昼行夜宿、跋山涉水。一个多月后，岩松带着买到的种子，原路回到家里。这时候的岩松，又黑又瘦，身上还有多处受伤的瘀痕。

岩松严格按照程序播种，这一回，他育出秧苗来了，开始嫩黄，继而泛青，十分苗壮地成长着。

两个月时间过去了，全国的孩子又集中到王宫广场来，接受国王的检阅。可是，除了岩松手里捧着一个有玉米秧苗的花盆，其余孩子手中的花盆都只有泥土。

国王来到岩松跟前，问他，你的秧苗是怎样育出来的？

岩松将事情的经过老老实实地说了。

国王让农业大臣检验过，这确实是邻国才有的品种。

国王高兴得一把搂住岩松，眼里含着泪说，我终于找到了理想的继任人！

国王回到高台子上，向全国人民发表了第二次演说。他说，真正的忠诚，不是守株待兔、不是坐以待毙。真正的忠诚，是有大智大勇，敢于战胜困难，在绝境中找到生存的办法，造福于人民。

国王从岩松手中接过了花盆，举到嘴边亲了亲，动情地说："这几株青苗，就是我们国家的希望！"

最后的根雕

何百源

国际精品博览会上，有一个展区，入口处有几个美术字：自然造化。

这是展示根雕艺术品的专区。

展区的主人叫罗列，是一位五十开外的精壮汉子。他的前额已完全光秃，而两侧和后脑的头发留得老长，嘴上还留着两撇胡子，让人一看便知是个搞艺术的。

罗列弄根雕已有三十多年的历史。他在美院念大一那年，暑假回到故乡那个穷山沟。由于"大跃进"年代山林受到破坏，老乡连烧柴都非常缺，人们想到了刨树根。于是每到农闲，就满山跑去刨，家家户户都将刨回来的树根堆在房前屋后晾晒。罗列家门口也堆放了好些。

父亲丢给他一把斧头，说，你回来得正好，将这些树兜疙瘩给劈开，好用来烧火做饭。

罗列捋起衣袖就干起来。干着干着，他发现其中一些树根很有造型基础，比如像雄鹰展翅，像冰上芭蕾……另外，他又到别家的树根堆里寻找，找到有用的，就拿自家的柴火去换。他将这些"有用的"留了起来。

劈完柴火，他就对留起来的树根疙瘩反复揣摸，然后用刀具加工起来。七修八整之后，摆在那里，让左邻右里的人来看，果然有人能说出像什么什么……第二年市里开迎春花会，罗列带着这些宝贝去摆地摊，竟然卖走了几件，赚得了一百多元学费。

罗列是学油画的，从此也爱上了根雕，一有空就出去寻树根。

所谓日久成精，罗列玩根雕到了出神入化的地步。他能根据一棵树的年龄、所处地势及方位，判断出根系的走势。有一次，他在一个山区选中了一棵老黄杨树，向主人买下来，请民工将树伐倒，将树根刨出，果然是个好材料。经他反复斟酌雕琢,雕成一件《鹤蚌相争》,卖得了高价。

罗列生意越做越大,在花卉世界租了一大幅地,建起了根雕艺术馆,专营根雕生意。远近许多村民见挖树根有利可图,就到处挖,然后卖给罗列。

罗列的艺术馆摆满了各种各样的根雕,大的有一两百公斤,小的只有小指头那么大,都起了非常形象的名字。每天来参观的中外游客不绝于途。

很快,罗列成了千万富翁。

他的一件镇馆之宝,题名为《童子拜观音》,是一件榆树根雕。同一棵树的树根雕出来的艺术品竟然是惟妙惟肖的一个童子在跪拜观音大士。每一个见到这件根雕的人,不论懂艺术的不懂艺术的,都会发出一声惊呼。

有人说这就是神功造化。

有一位香港老板站在《童子拜观音》前,凝神揣度了半天,出价千万要将它收藏。

但被罗列拒绝了。

罗列说,在我们生活的地球上,这样的造化不会有第二件。

罗列为这件艺术品购买了高额保险,并且雇佣四名安保员日夜轮班守护。

今年初夏,罗列举行了一次媒体见面会。他在会上宣布了两个重大决定:

第一、《童子拜观音》和其他所有根雕艺术品,全部无偿捐赠给艺博院;

第二,从即日起,永远停止根雕艺术生涯,专心进行油画创作。

所有的记者都以为自己听错了,呼啦一声围了上去,七嘴八舌向罗列发问。

罗列说:不久前家乡发生了一次山体滑坡,村子里有十多人被埋,我年迈的母亲,以及一个侄儿都死于这场灾难。这事像惊雷炸醒了我。山体滑坡的成因固然是多方面的,但挖树根对自然生态的破坏,肯定也是不利因素之一。挖树根之害远远大于伐倒林木。伐倒林木之后,只要树根还留在土里,在很长的岁月里依然起到稳定山地的作用;但是假如将树根挖了,尤其是将大树树根挖了,一旦暴雨袭来,山泥就倾泻了……

第二天,各大媒体都以显著版面刊出:《著名根雕艺术家金盆洗手,〈童子拜观音〉成为封刀之作》。

高明的导演

夏艳平

　　李文儒长得英俊潇洒，又很有表演天赋，运气好像也特别好，在读戏校的时候，就被一著名导演相中，在一部长篇电视剧里演了"男一号"。

　　李文儒的闪亮登场，让业内人士为之一震，不少人预言，要不了几年，李文儒就会大红大紫。

　　时间一晃就过去了十余年。在这十余年里，李文儒一直在影视界打拼，电影和电视剧演了不少，而且演的都是重要角色，但没像人们预言的那样，变得大红大紫。

　　对此，业内人士大惑不解，李文儒自己更是困惑。每演一部戏，他都全身心投入，导演和同行也都认可，但不知什么原因，就是红不起来，更甭说紫了。

　　眼见着天赋和条件远不如自己的演员，一个个都成了家喻户晓的明星，李文儒有些气馁了，甚至怀疑自己是不是演戏的料。就在李文儒想改弦更张的时候，一位名气不大的导演找上门来，说有一部电视连续剧想请他担纲主演。

　　李文儒想，这些年来，在那些大导演的戏里，演了那么多的角色，也不过如此，在一个小导演的戏里还能有什么指望？因而，婉言拒绝了。可那个导演不依不饶，说这部戏非李文儒主演不可，他还信誓旦旦地说，李文儒演了这部戏，保准会一炮走红，成为家喻户晓的明星。

　　李文儒是一个重情义的人，见人家把话说到这个份上，不好拂了人家面子，就接了这部戏。让他做梦也没想到的是，这部电视连续剧在电视台还没播完，他的名字就家喻户晓了。

　　成了明星的李文儒有些莫名其妙，就找到那位如今也是大名鼎鼎的导演,问他到底施了什么魔法,使他这块"顽石"变成了"黄金"? 那位导演笑了笑说:"其实也没什么,与其他导演不同的是,我没给你找配音演员,用了你自己的声音。"

李文儒的声音比较沙哑,且带有明显的地方口音,这些年拍戏,一些导演都给他找了配音演员。对此,他没有异议,他觉得自己那声音的确对不起观众。而这名导演却坚持用了他的原声,当时,他还以为这位导演小气,舍不得花钱呢。

李文儒问:"这有那么重要吗?"导演说:"当然,言为心声。再高明的配音演员,也说不出你的心声啊,而一个长期让别人代言的人,与木偶何异?"

听了导演的话,李文儒将信将疑地找来自己先前拍的戏和这次拍的戏的碟子,认真对照着看了几遍。还真如导演所说,先前拍的那些戏里,自己的动作和配音演员的声音,总像隔着点什么,让人看着别扭;而这次拍的戏里,自己沙哑的声音和不算标准的普通话,与自己略显夸张的表演,正好相映成趣,形成了自己的特色。

李文儒仿佛一下子明白了,这才是真正的高明啊! 他为自己能遇上这样一位高明的导演而庆幸。

一个仅差两分钟的故事

谢大立

　　厂里要提一个管生产的副厂长，几次民选下来，都是老磨和秦明。这等于把一个难踢的球交给了厂长，厂长连着抓了好几天脑壳。我是厂长提起来的办公室主任，儿时的伙伴，也为厂长犯难。

　　这一天，厂长把我喊进他的办公室，说：想听听你的意见。

　　我受宠若惊，措手不及。秦明是我的哥儿们，我当然是向着他的。但我是不能明说的，表了个含糊其事的态：是您选副手，我怎么好多嘴多舌呢！何况您选的还是日后管生产的副厂长……

　　厂长用失望的一叹打断我的说话，我总想你是我最信得过的哥们，让你来办公室当主任，是指望能帮我分些忧……我不能让他对我太失望，对他说，厂长，我突然想起了一个故事，一个发生在生活节奏感很强的西方国家老板身上的故事，事情和您目前面对的一模一样，为难之下，那个老板突发奇想，分别打电话叫两人到同一地方帮他取样东西，谁先帮他取到，他就让谁上，结果是一个比另一个先到了两分钟……

　　厂长竖起大拇指夸我说，高，高招！我就说你不会让我失望的，我们就把这个故事重演一遍吧！他们两个都是维修主任，正好缸体车间来电话说出了点事，你现在就打电话通知他们，看他们谁先到。秦明远，先给秦明打，三分钟后给老磨打……厂长说完，像个哲学家一样地感慨万端：输家赢家，往往仅差两分钟。

　　我拿起电话拨维修一车间，对秦明说，我现在和厂长在一起，缸体车间出了点事，厂长叫你带几个人立即赶过去，我们随后就到。我这么说，是在给秦明开小灶，那个只差两分钟的故事还是他讲给我听的。

　　果然，他说明白了，急忙放下了电话。从他放电话的急忙，我心里有数了。三分钟后,我把前面说过的话一个字不漏地说给老磨,一个字不漏地重复说过一遍的话,是为那个所谓的公正,也为厂长不发现我的猫腻。

老磨没秦明那么精明是我预料之中的,他的迟钝又是出乎我意料的。他不慌不忙地说,缸体车间出了什么事你总得跟我说个明白吧,我得根据情况带什么工具去,带多少人去,我这里人手紧你又不是不知道的……

我心里暗喜,对他说,你电话不放,我帮你问厂长。见厂长把手伸过来,我说,厂长亲自给你讲。话筒递给厂长后,我心里说,老磨,可是你耽误了你自己,你失去这次机会,怪不得任何人!

厂长待老磨问完说完,点上了一支烟,刚抽了一口把烟使劲摁到烟缸里,猛地站起来说,走,我们还是早点去,在第一时间目睹他们谁先到。我心里直笑,这还用看吗,当然是秦明了。

刚拐过弯,我就看到了秦明和他的那几个人。

他们先是蹲在缸体车间的门口,不进车间蹲在门口,显然是在显示他们的先到。见了我和厂长,秦明站起来,他的人也跟着站起来,并向我们迎过来……就在这时,在他们身后百米远的地方,出现了老磨和他的人,老磨扛着个什么东西,他的人也是扛的扛背的背,像个驼队。

秦明喊厂长,并对厂长打烟,厂长不接他的烟,看也不看他一眼,两只眼睛越过他的肩,直直地盯着他身后的方向急步往前。秦明向后转。厂长像长了后眼似的说,还不快去接老磨他们一把。厂长接了老磨的,我和秦明的人分别接了其他人的。现场到位后,厂长对秦明说,这里没你们的事了,回去吧。

望着秦明离去的背影,厂长突然问我,那个只差两分钟的故事你是不是跟他讲过……要没有,这小子是不是以为我在选跑步健将,跑得再快还能比驼鸟快!驼鸟跑得快,又有什么用呢!把个头躲进石缝里,屁股露在外面……

驼鸟,秦明,厂长的幽默叫我笑得扑哧一响。

也笑我自己。

花蛇

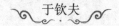
于钦夫

  太阳像个腼腆的小姑娘似的害羞地躲进大山里时，牛二汗流浃背地锄完了花生，一棵棵嫩嫩的小草被他一一判了死刑。牛二看着那一墩墩绿油油的花生，就满心欢喜地扛起锄头回家了。

  牛二回到自家搭着葡萄架子的天井里时，西厢房里传来了老鼠的吱吱叫声，牛二的好心情就没有了，他皱起眉头，心里生起气来。牛二家的西厢房里盛着四大瓮麦子、两囤玉米、三麻袋豆子，这些粮食都是牛二一家勒紧裤腰带从牙缝里省出来的，为的是万一来个灾年可有备无患度过难关。牛二的爹就是三年自然灾害时饿死的。爹临死前拉着牛二的手泪汪汪地嘱咐牛二，要牛二长大了种好粮食，多攒粮食。现在，牛二终于可以告慰爹的在天之灵了，再来个三年灾害他也不怕。可让牛二揪心的是，他可以管住一家人的嘴巴，少吃粮食，可管不住老鼠的嘴巴，每当看到老鼠肆无忌惮地偷吃粮食时，牛二就觉得比吃他的心还难受。牛二气坏了，他买来老鼠药，可不顶用；他又养了一只大花猫，大花猫抓了一只老鼠后，为了犒劳它，牛二从河里捞了几条鱼喂它，后来大花猫就光想吃鱼不想抓老鼠了，气得牛二用布蒙住大花猫的眼，把它装进麻袋里背着扔进大山里去了。牛二没招儿了，只好眼巴巴地看着老鼠兴风作浪。

  牛二再也忍受不住老鼠的吱吱叫声了，他把刚放下的锄头又抄了起来，悄悄地走进西厢房里，眼前的情景把他惊得眼都直了，地上一条锄棒粗的大花蛇正拦腰咬住一只大老鼠，蛇的尾巴上下左右乱甩乱动，老鼠吱吱叫着拼命挣扎。当牛二愣过神来时，他的眼珠转了几转，他马上想起见蛇蝎不打三分罪孽的老话，他举起了锄头，就要打下去的时候，他把锄头又收了回来。他瞅着蛇把老鼠吞进肚子里，蛇腰处鼓起一个大包。花蛇伸直身体，躺在地上，闭着眼睛，美美地享受着美味佳肴。牛二看了一会儿，就起身离开了西厢房。

后来，牛二就常来西厢房看花蛇吃老鼠，看得他心花怒放，老鼠，看你们还猖不猖狂！有一次，牛二老婆进来了，看见了花蛇，就惊惊乍乍地叫牛二快打花蛇。牛二说她是女人家头发长见识短，懂个屁。牛二没理，继续看花蛇吃老鼠。牛二觉得很过瘾，也很解恨，花蛇帮他消灭了老鼠，解除了他的心腹之患。花蛇好像也和牛二有了感情似的，见了牛二不躲也不藏，有时候摇摇尾巴，有时候眨眨眼。

没过多少日子，再也听不到西厢房里有老鼠的吱吱叫声了，老鼠被花蛇彻底消灭光了。不知怎地，牛二现在走进西厢房，看见花蛇时，却感到身上阵阵发冷，直起鸡皮疙瘩。

这天，牛二又锄完庄稼回来时，他放下锄头，却抄起铁锹，他来到西厢房里，花蛇懒懒地趴在地上睡大觉，听到牛二的响声，它懒懒地睁睁眼，又闭上了。这时，牛二挥起铁锹，狠狠地朝蛇头铲去。蛇头和蛇身被一劈两半，蛇身在晃动，蛇头也在晃动，蛇眼睁着，不解地看着牛二。牛二怕蛇头不死，又狠狠地拍一锹，把蛇头拍得稀巴烂。

路

郭金龙

我和他虽不在一个村，却是少年时的好友。上小学，我俩同校同班同桌同是学习尖子；上中学，我俩同校同班同桌同是学习尖子……好遗憾！"文革"使我俩中学未念完就辍了学，破灭了携手上大学的梦。

辍学后的我和他，各自走出了不同的人生之路。我在恢复高考后上大学进了城；他当村干部留在了乡下。

我和他已多年没见面了。

去年，从老家的人口中听说他办砖厂发了，我就自豪地对同事们说：我家乡的一位朋友成了富翁，大家谁在钱上作难，说一声！

今年暑假的一个星期天。

抱一箱"健力宝"的他，突然来到我家门口。放下手中的稿子来开门的我，自然是少不了一番极热烈的握手欢迎，只是欢迎的结果，我柔弱干瘦的手被他那粗大有力的手握得发疼……

他是专为儿子上学之事而来的。

他说：他自己这辈子没上成大学，每每在心里和比我起来，就脸红；他要把儿子培养成大学生。可乡下学校条件太差，老师也都不卖力教。他儿子在村小学上了五年，虽每次考试都在七十分左右，老师还说是尖子。他怕误了孩子，特来请我帮忙把儿子转到城里上中学。

我思忖：他不愧是当年的学习尖子，如今这么重视儿子的上学。和那些让儿子辍学种田、经商的乡下人、城里人相比，他显然要高出一个层次。

我爽快地答应，没问题，近几天我就去联系个好学校。我还告诉他，学校要收高价学费，大概一年得多交一百多元。

他满不在乎：不要说一百多块，一千多块咱也交得起。

吃住的问题——我刚刚说出口,他就说,雇个人,每天专门骑摩托接送儿子。村子离市区二十里路,骑摩托十多分钟就到了。

看他为儿子想得周到,我心中愈发对他赞赏。

正事谈妥,我俩扯起了闲篇。他盯着我瘦削蜡黄的脸审视半天,而后关心地问我是不是有啥病?

我说,病倒没有,只是觉得活得太累。

他说只听下大力气的人说累,还没有听说整天坐在办公室,在纸上写写画画的人说累。

我说累跟累不同。

他让我讲讲我的累,好让他听听知识分子过的啥日子。

不知何故,在心中憋了多年的生活感受,此刻竟一下子涌到了嗓眼,我打开了闸门——

我说,在这知识分子成堆的地方,你要想站稳脚跟,不被人小瞧,你首先得在工作、事业上下狠劲去拼搏;得牺牲掉节假日的休息时间;得牺牲掉看电影电视欣赏歌舞音乐的时间;得牺牲掉夫妻儿女的诸多天伦之乐和情感……

我说,在这知识分子成堆的地方,你为了得到你应该得到的一切,你得在紧张的工作之余,绞尽脑汁,谨谨慎慎去处理上上下下、左左右右的人际关系,甚至于还得时时提防一些来自背后的暗箭……

我说,在这充满激烈竞争的环境中,你的精神时时处于高度紧张的状态中,不能有一时半会儿的松懈……有时,你会为某个人的某句话、某个人的某件事折磨得整夜整夜合不上眼,一连几天不思茶饭……

我说,我真想换个环境,比如到乡下住上半年,让精神松懈松懈,不然,再这样紧张两年,我还真担心身体会出毛病……

他说他听着就感到了累,比那下大力的累还累。

接下来,我俩都半天不说话。

蓦然,他站起身,他说他该走了。他嘱我"保重身体"、"有空到我家住几天"。

我说别走,该吃饭了。

他说家里有事。

我送他到楼下。

他发动了摩托车,然后再次用粗大有力的手握住我柔弱干瘦的手,果断

地说："我改变主意了。不叫儿子来城了。叫他在乡中学混几年,就让他回村跟我干砖瓦厂。看来,走我这样的路,要比你这样的路舒坦、自在!"

噢?! 我一时不知该说什么,呆呆地目送他骑摩托疾驰而去……

迷失方向

刘万里

阮郎归最近特别想发财。

阮郎归的发财梦是被老婆骂出来的,自他失业后,老婆整天闹着要跟他离婚,骂他没出息,窝囊,连老婆都养不活还算男人吗。阮郎归就想着发财,证明给她看,但他一没资金二没技术三没文凭,想发财谈何容易。刚开始他就买彩票,希望一夜暴富,结果是顶多中些小奖,算来算去还是赔多赚少。

最近阮郎归喜欢看电视上那个鉴宝栏目,随便一个不起眼的东西就价值几十万几百万,这对他触动很大,他想到了盗墓。在他小的时候就听大人说过,梦城郊县有古墓,埋过王后太子什么的,听说有个金佛,价值过亿。

阮郎归就去找昔日好友麻郎儿。

麻郎儿没正当职业,听说要发财,一拍即合。

两人就去了梦城郊县,找当地村民打听古墓线索。

确定了古墓位置,刚好四周荒无人烟,阮郎归心想真是天助我也。他们在古墓旁边搭起了帐篷,白天晚上不停地挖,他们挖了几十米的一个深坑,然后埋上炸药,采用挤压式爆破,层层推进。

"找到古墓了。"麻郎儿兴奋地说。

他们顺着墓道进入古墓,然后小心翼翼打开墓穴,撬开棺材,一具完整的骷髅下放着一个金佛。

"我们发财了。"阮郎归拿着金佛跳了起来。

"让我看看。"麻郎儿用手拍擦着金佛,"这就是传说中的金佛。"

两人哈哈大笑起来。

两人迅速离开古墓,上了地面。

金佛在阳光下金光闪闪。

麻郎儿笑着说，"这下我们发财了。把金佛卖了，我首先要在梦城买一套别墅，买一部车，然后再包个二奶，让那些瞧不起我的人看看，我麻郎儿不是个窝囊的男人。"

阮郎归说，"我也要在梦城买一套别墅，带游泳池那种，然后再买一部高档车，让老婆看看，我阮郎归是多么风光，看她还动不动就要给我离婚不?"

麻郎儿说，"可惜只有一个金佛，要是两个就好了，一人一个。"

阮郎归说，"人心不足蛇吞象。一个就该知足了，把金佛卖了，我们平分不就得了。"

麻郎儿说，"你估计能卖多少钱?"

阮郎归说，"小的时候就听人说过，这金佛值几个亿，不说多了，只要有人给两千万咱就卖，一人一千万。"

麻郎儿抱着金佛亲了一口，"这不是做梦吧。"

阮郎归顿了顿说，"这挖墓的点子是我出的，挤压式爆破是我发明的，炸药也是我找的，咱们三七分，你三我七，怎么样?"

麻郎儿说，"这不行，我出的力气比你大，凭啥三七分?"

阮郎归夺过金佛，"四六分，你四我六，这下总可以了吧?"

麻郎儿不高兴地说，"行行行。"

阮郎归说，"我们得离开这里，走得越远越好。"

麻郎儿说，"我们不能坐火车汽车，怕引起人们注意。"

两人迅速消失在梦城山里。

两人在山里转了一圈，他们迷路了，找不到梦城在哪个方向了。

阮郎归说，"这山我非常熟悉，我怎么会找不到回家的路了?"

麻郎儿说，"我以前常来这山，我也不知道为什么，我竟会迷路?"

天色已晚，山里寒气阵阵。

阮郎归说，"这里连一户人家都没有，只有先在山里住下，等天亮再说。"

麻郎儿说，"只能这样了。"

阮郎归说，"我们轮流睡，你先站岗。"

阮郎归抱着金佛躺下，在梦中他梦见了别墅，小车，一叠叠的人民币……他突然感到头一阵痛，醒了，他看见麻郎儿手上拿着一个木棒。

阮郎归说，"你干啥?"

麻郎儿说，"我要杀了你，独吞金佛。"

阮郎归转身欲走，麻郎儿木棒如雨点般落下，他什么都不知道了。

阮郎归醒来已是第二天下午,他摸了摸头,头上有血,再看看怀里,空空如也,他一下明白了,麻郎儿想杀人灭口,拿着金佛跑了。

　　阮郎归站了起来,步子蹒跚,他要去找麻郎儿算账。

　　阮郎归在山里走了两个时辰,他突然发现草丛里躺着一个死人,背后还插着一把刀,他掀起那人,大叫起来,那人就是麻郎儿。

　　金佛自然不见了。

　　阮郎归一下瘫软在地上。

　　过了好久,阮郎归才站起来,他突然想起了回家的路。为什么抱着金佛找不到回家的路? 直到阮郎归站在家门口时,他才想明白,贪婪一旦涌满头脑,人就会迷失方向。

母亲的双手

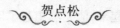
贺点松

何有源患了抑郁症。

抑郁症这玩意儿很叫人困惑。过去，改革开放以前，国家穷，人们吃得差，穿得赖，也没有电视电脑歌厅酒吧什么的可供消遣娱乐，抑郁症倒是很少听闻，如今人们吃得好，穿得光鲜，吃喝玩乐的花样越来越多，患抑郁症的人却成千上万。特别在城市，随便一堵墙倒下来，没砸到一两个患抑郁症的，那可真叫奇了怪。

像何有源这样的城市精英，患抑郁症就更叫人不解了。何有源四十一岁，是省城一家私企的副总；妻子是中学语文老师，温柔贤惠；女儿正读大一，品学兼优。何有源可谓事业有成，家庭幸福，怎么会患上抑郁症？但是千真万确，何有源患上了抑郁症。前几年轻微，一直自己扛着，这两年明显加重了，抑郁、焦躁、消极、厌世、失眠多梦、注意力涣散。虽多方诊治，却收效甚微。抑郁症严重影响了工作。

万般无奈，何有源决定告假一个月，回豫西山区老家调整休养。

父亲早年去世，老家只有年过花甲的老母亲。前些年，何有源曾经要把母亲接到省城去住，母亲坚决拒绝了，她说："我在这何家洼活了一辈子，什么都惯了，看什么都顺溜，去城里干啥？城里有啥好？楼高，人挤，车多，连个鸟儿也没有，看看天都是窄窄一条缝，我去那儿，一天两天新鲜，时间长了，还不憋屈死呀？"何有源只好由着母亲。

何有源回家来了，母亲喜笑颜开，早早守在村口古槐下。母亲的白发更多了，腰也更弯了，但是很硬朗，精神特别好。

从何有源回来的这天起，母亲的笑容就没有凋谢过。儿子成了他生活的重心。她整天愉快地忙碌着，变着法儿为儿子做好吃的，玉米糁煮花生米小红豆熬粥,小米红枣汤,葱油烙馍,油卷蒸馍,翻煎饼,甜面片,浆面条,炸酱面,小鸡炖山菇,萝卜猪肉炖粉条……何有源每天早睡晚起,吃着母亲做的美食,在村里村外闲逛闲聊,身心放松了许多。但是,抑郁症的症状似乎并没有减轻太多。他每天仍是郁郁寡欢,很消极,莫名其妙地厌倦,晚上的睡眠仍然很少。

有一天,何有源偶然近距离看到了母亲的双手,那双手让他非常震撼。

那天,母亲到村前的小河里淘米洗菜,准备给儿子做晚饭。是初冬的黄昏,寒风萧索,很冷了,何有源到河边去接母亲,走不远,看到母亲挎着竹篮回来了,何有源上前去接母亲的竹篮的时候,看到了母亲的手。

那是一双怎样的手啊,瘦削,苍老,手指弯曲,像某种动物的爪,又像山林里干枯的树枝,粗糙,干燥,因为寒风而皲裂着一道一道血口子……何有源的心像被什么狠狠地咬了一口,很痛,却又充满着难以言说的温暖和感动。母亲在何有源的身后开心地拉起了家常,何有源嗯嗯啊啊应答着,却不敢回头看母亲,害怕自己的眼泪掉出来。

回到家,母亲进厨房做晚饭,何有源站在母亲身后,陪母亲聊天。趁母亲不经意的时候,何有源用手机拍下了母亲的双手。

在闪闪的炉火火光中,母亲的手微微张开着,像要深情地抚摸一样粗糙的乡间生活,像要深情地抚摸艰辛而漫长的人生岁月。

这个夜晚,何有源靠在床头,看手机屏幕上母亲的手,看得百感交集,看得热泪盈眶。看着母亲的手,他思考了很多很多。然后,何有源在沉思中入睡了,睡得很深很沉,直到第二天天色大亮,被院子里核桃树上的喜鹊叫醒。

从这一天开始,积极,快乐,激情,这些美好的东西又开始一点一点在何有源的身体里复苏起来。

一个月的假期结束了,何有源回到了省城。他把手机里的照片传到自己的电脑里,设置在电脑的桌面上。这样,每天,他都可以看到母亲的双手了。

何有源渐渐告别了抑郁症。

妻子和女儿好久都不明白,何有源为什么把一双粗糙衰老的手放在电脑桌面上。有一天她们再次询问时,何有源告诉了她们。何有源看到,妻子和女儿的眼里都有了泪花。

那年夏天的知了

红 鸟

那个夏天，是我人生中最痛苦的一个夏天。

到那个夏天我已在深圳打工三年了，日子一直顺风顺水的过着，可是那个夏天突然接到姐的电话，姐说，爸生病了，住院了，很严重。她哭了一番。我的心一沉，感觉到了事情的严重，便决定连夜赶往北京。

在北京301医院，爸正在挂针，妈和姐见到我来，都一愣。妈把我拉出来，握住我的手，哭了。她说，孩子，你要有个心理准备，你爸是胃癌，很严重。还有，你记住，当着你爸的面，绝对不能哭，要面带笑容。我说，知道了。转身冲进水房，洗了一把脸，然后走进爸的病房。

爸面色蜡黄，看到我来了，勉强睁开了眼睛，想坐起来。他拉着我的手，脸上露出欣喜的笑容。我说，爸，你躺那吧！爸像个小孩子似的躺下来。

在北京，医药费很贵，一天五百多。每天都要挂四瓶吊针，还要熬中药。医院的中药很贵，为了省钱，我们都是拿着医生的处方跑到大望路的中药店，来回要倒三趟车。每天早晨，妈就在租住的地下室里给父亲做营养餐，小米粥，煮鸡蛋。我们则吃妈赶早在菜市场捡的菜叶做的饭。妈说，没有办法，我们得节省，你爸爸不容易，我们得尽力救他。喝着菜叶汤，我的心一阵酸疼，为父亲，为我们这个家。

终于，我们的钱所剩无几，最终妈说，你回家凑钱吧！

买了车票就回去，硬座，一天就可以到了，只是中间要转乘客车才能到达我们颍河镇。坐在火车上，我想起了三年前的一些事。那时我休学，整日待家无事，闲了去周围转上一番，懒散成性。日子莫测，走得很乱，妈经常因为我的无所事事和我闹纠葛。最终爸说，去深圳找你老表吧，他能给你一碗饭吃。就去深圳，说去就去。那年我十八岁，一米七三的个头，任性得很。

家里人都走了，只有我自己，就只能我一个人打理，由于懒散得久，弄得满庭狼藉。院落里很冷清，就我和猫，夏天的天气很热，我常半夜魇醒，很大的院落，一片漆黑，听风吹树叶心里窜凉，蒙头一夜又一夜。

钱很不好凑，在农村，家家都不是很宽裕。

我不会做饭，肚子饿得发慌。于是便自己捣弄。第一次蒸馒头，很黑，很小，很硬，很酸。第一次做面条，成了稀饭。炸花生，一个个儿成了焦炭。这样熬了一周。盛热的夏天里，知了的叫声嘈杂得让我绝望。

忽一日，一只知了掉落在庭院，它痉挛着细肢，两只透明的羽翼灰暗沉重，好像生了重病一般，可是它仍然在不停地鸣叫。我突然感觉很震撼，知了的生命是那么的脆弱和短暂，可还是不停不歇地去叫，生命一天，就精彩地叫出一天。

那一刻，我的心头突然涌出了异样的勇气。而这勇气，是我从未有过的。

那个夏天，我的皮肤被晒得黑黑的，我甚至脱了三次皮。为了凑钱，什么办法都想尽了。我一边在一个建筑工地打工一边想办法四处凑钱。建筑工地的活很重很累，每天都得干十几个小时，每到晚上，浑身就像散了架。累了，饿了，五六个白馒头，一捏，三下五除二，不一会儿就下了肚。打工的时候，我又发现了一个挣钱的门路，就是别人喝了饮料，"啪"就把瓶子扔路上了，捡起来，一个就能卖一两毛。还有这广告纸等废纸，到处都是，垃圾箱里还有报纸、饮料瓶。干完工地的活，我就去捡废品。一个月也能弄几百块呢！期间，我受尽了别人的白眼，我有好几次都坚持不下来了，但我一听到知了的叫声，浑身就充满了力量。

下了一场雨，天气渐渐凉了，才发现夏天已经渐渐远去了，我永远感谢那只掉在地上却一直坚持鸣叫的知了。

在我的坚持和努力下，建筑工地的老板，愿意先借我两万块钱，以后给他打工一年。加上从亲戚邻居那儿借的，有三万多了，给妈打了一个电话，我说要把钱送去，她说别来了，直接从邮局汇来吧，车费贵，北京消费也高。最后妈又说，你爸的病有好转了。我一阵欣喜。

把钱汇了，回到家里，邻居大妈见了，都说我长大了，成熟了。二姨说，以前那个混小子变样了。二叔也说，你是个男子汉了。我对着镜子照了照，看着镜子中的自己笑了笑，我真的成熟了吗？

少栽几棵树

赵　谦

　　某省直部门要招聘一名公务员。众所周知,现在公务员是香饽饽。因此报名者趋之若鹜。经过统一考试,有三人进入面试阶段。面试期间,一人被刷下。另两个人的分数却是惊人的一样。也就是说他们都很优秀。只好加了场考试,但仍难分伯仲。舍谁用谁? 这让主管部门很头疼。

　　没办法,只好把他们重新叫来,进行最后一次面试。在问完了一些常规问题后,没有感觉出有明显的差异。该怎么办呢?

　　主考官是位非常严谨的老教授。他不想让任何一个人带着遗憾离开。但他也非常想让一位更加出色的人进入到公务员的队伍。

　　老教授沉思着,并习惯性的推开窗子。外面是这个城市正在建设的开发区。蓦然间,他豁然开朗。他要让他们规划一个十字路口。这样一个简单的题目绝对是老教授临时想到的。正确答案是什么。连他也不知道。与其他几位考官商量后。就发给他们做。

　　在规定的时间内,两人把设计好的方案交上了。第一个人的方案可以说非常漂亮。除了有交通红绿灯外,还特意加了一个环形的绿化带,这样车经过这里时就要减速绕行。而整个十字路口被郁郁葱葱的树木掩映着。给人一种清爽的视觉享受。

　　拿到第二个人的方案时,大家顿时有了一种如释重负的感觉。因为终于可以见分晓了。这个方案可以说是单调简单。除了交通红绿灯,连一棵树都没有。当有人准备在录用结果上签字的时候,老教授却站起来。他要听听这个人的解释,因为他想,面对这么重要的一场考试,这个人不会如此儿戏,除非他想主动放弃,但是他之前的表现是那样积极,志在必得。

　　面对主考官的询问。这个年轻人不慌不忙。他没有直接回答,而是讲了一个他邻居的故事。他的邻居是个小货车司机。每天早起晚睡给工厂送货。他是一名很小心的司机，他不小心不行，因为他上有老下有小。但这样小心的司机还是出事了。那是一个阳光明媚的夏天，在经过一个十字路口的时候，他像往常那样减速，并且鸣笛。他做了该做的一切。但最终还是被撞了。死的时候只有二十六岁。交警的勘察结果是，在他拐弯时，另一辆车正高速驶来，这辆车上的司机成了重伤，事后他说听到了鸣笛声，但是已经为时已晚，因为他没有看到有车驶来。阻挡他视线的正是这些郁郁葱葱的树木。

他的故事让大家回到了一个惨祸发生的现场。他继续说："遗憾的是，我们国家所有的道路几乎都是这样设计成直角绿化的。要看到对方只有拐过弯。可往往就在这一瞬间发生事故。我们经常说以人为本，为什么就不能把这众人皆知的瑕疵消灭掉呢。所以我设计的方案就是在道路的所有拐弯处至少二十米内不准栽树，给驾驶员一个开阔的空间。"后面的话，更让大家坚定了录取他的信念："从那之后，我向有关部门写了几十封建议信。虽然都石沉大海，但是我这样做肯定会引起更多的人重视的。也许有朝一日我会亲自改掉这一弊端。"

老教授给他写的录用原因是：善于观察，勤于思考，责任感强，执着自信。

相同的故事,不同的结尾

許保金

朋友被一家公司暂时录用,同时被录用的还有几个人,试用期一个月,期满后择优使用。朋友向我求救,让我给他出出主意,看看怎样才能在试用期内博得总经理的青睐,击败其他对手,改暂时录用为长期使用。

于是,我就给朋友讲了一个故事。一家公司暂时招了几名员工,也有试用期。一日,总经理对新员工们说:"在试用期内谁也不能走进七楼那个没有门牌的房间。"大多数员工都非常听话,谁也不敢违犯总经理的指示,都望门止步。可是有一名员工觉得奇怪,总经理为什么不让人走进那个房间?房间内到底有什么贵重东西? 于是,好奇心驱使他来到了七楼那个没有门牌的房间门口。门上没有锁,而且门还是虚掩着。这使得他更加奇怪了,既然总经理不让进去,可是又没有加锁,那么房间内究竟有什么呢? 于是,他便轻轻地推开了门,走了进去。房间内有张老板椅,椅子靠背上贴了一张纸条,上面写着这样一句话:恭喜你,你被聘为本公司销售部经理了。新员工一脸迷惑,他拿着纸条找到了总经理,欲问个明白。总经理笑着对他说:"你敢于走进禁区,不被条条框框所束缚,是难得的销售人才,我马上就在公司会议上宣布正式聘任你为本公司销售部经理。"

朋友听了我讲的故事,喃喃自语道:"但愿我也能赶上这样的机遇。"

事情的发展还真让朋友说着了。一日临下班时,公司的总经理对他们几个人说:"在试用期内谁也不能走进六楼那个没有门牌的房间。"朋友找了个没人的地方,笑得腰都直不起来了。朋友心想,总经理一定也听说过那个故事,所以才会用这种方法来考验他们。幸亏自己早就知道故事的结尾了,哈哈,机遇终于落到自己头上了。朋友一路狂喜跑回了家,高兴得一晚上没睡着觉。

翌日早上刚上班,朋友满怀信心地走到六楼那个没有门牌的房间门口时,他看到的是吃惊和失望,那几个人全是一脸疑惑地正从房间内鱼贯而出。朋友心想,完了,机遇让别人抢走了,于是他便紧走几步赶上前来,问道:"你们在房间内找到了什么?""什么也没有。""没有老板椅吗?""没有。""没有纸条吗?""没有。"几个人好奇地盯了他一眼,便各自走开了。朋友心想,既然他们几个都进去看过了,里面什么也没有,那自己也就没有再进去看的必要了。于是,朋友便也扭头走开了。

　　中午下班时,总经理找到了朋友对他说:"恭喜你,你已被本公司聘为人事部经理了,其他几个人将被辞掉。"朋友问:"为什么?"总经理笑着答道:"因为你是唯一一个没有走进那个房间的人,这说明你最听话了,最懂得遵守公司的规章制度了,所以才聘用你。"

　　朋友听了总经理的话,心中哭笑不得。他在想,人们在对待同一件事情上,为什么会有不同的看法? 相同的故事,却有两个不同的结尾?

应聘

刘正权

　　宽大豪华的董事长办公室里，常天龙正焦虑不安地转来转去。

　　秘书推门而入，请示说："常董，有人要见您!"常天龙点点头，"带进来吧!"

　　进来的是女人，而且是两个，一个不到三十岁，西装套裙，装扮清爽，且得体。另一个五十多岁，乡下妇女穿着，倒也清洁整齐。

　　两人手中都拿着一份晚报，跟常天龙老板桌上的那份同一个日期。

　　常天龙知道，这两个人是来应聘的。

　　天龙集团的人都知道，常董不光有个女儿在国外攻读硕士，还有一个儿子瘫在家里，这就是常天龙在晚报登招聘启事的原因。

　　启事很简单：招聘特别护理一名，女性，月薪五千，面试。

　　五千元，够招一名中层管理人员了，常天龙出此高薪显然是想一劳永逸，也是的，常家的特别护理走马灯地换来换去，让常天龙烦躁不已，再换下去，常天龙就该换脑子了，脑子整天闹哄哄地乱成了一团麻。

　　常天龙吩咐秘书："倒茶!"

　　茶端上来了，三十多岁的那个女人说了声谢谢，掏出一份打印好的简历请秘书转呈给常天龙，显然，这是一个知进退懂规矩的女人。

　　常天龙接过简历，上面写着："陈丽，护理学校毕业，现在市人民医院外四科工作，连续两年被评为先进工作者……

　　有专业，有经验，应该是很合适的人选，常天龙微微点头，手一伸，"你的简历呢!"

　　五十多岁的女人楞了楞，"啥简历?"

　　"就是问你的基本情况!"秘书不耐烦了，简历都不准备一份，应的啥聘。

"哦,情况啊,是这样的!"女人喝了口水,"我在农村,生有二男一女,正念书,男人有病,拖了七八年,刚过世!"

"就这?"常天龙问。

"嗯! 女人点点头。

那好,先谈一下我的儿子吧! 常天龙说,我儿子先天性佝偻病……

"啥? 佝偻病?"乡下妇女显然不明白。

"就是软骨症!"陈丽白一眼乡下妇女心想,简单的医学常识都不明白,还敢应聘特别护理,想钱想疯了吧。

"哦,瘫巴啊!"乡下妇女这下才明白了,明白了偏又加上一名废话,"那不是成废人了?"

"谁说是废人了!"秘书脸一黑,秘书知道常董最忌讳别人说他儿子废人了。

常天龙挥挥手打断秘书,探身相询,"我有一个问题想问一下二位。"

陈丽颔首,"常董请讲!"

乡下妇女没说话,显然是等常天龙发问。"对我出五千元高薪聘请一名护理二位是何看法?"常天龙喝了一口茶,慢条斯理说出来,"二位认为值么?"

陈丽年轻,节奏就快,陈丽说:"广厦千间只住一隅,家财万贯,日食三餐,五千元只不过是您常董的九牛一毛,当然值!"

"那么,你认为呢?"常天龙转向乡下妇女。"不是值不值的事儿!"乡下妇女站了起来。"哦,有何高见?"常天龙一怔。"老话说了,无仇不成父子,无冤不成夫妻,他既然托生在你身上,你就该好好养他直到他死。"女人直来直去,一点没在意旁边的秘书脸都吓白了,谁敢这么跟常天龙说话啊。

常天龙开始皱眉头,在老板桌后转来转去,一会儿盯着陈丽,一会儿看着乡下妇女,显然心里正在做着取舍。

陈丽正襟危坐,手中捏着茶杯一副成竹在胸的架势。乡下妇女倒不拘束,歪在沙发上躺着,一副疲惫不堪的模样闭目养息。

常天龙慢吞吞踱到她们面前,示意秘书给他搬一把椅子过来。椅子搬来了,常天龙坐下,忽然没头没脑说了一句,"问你们最后一个问题吧!"

陈丽精神一振,"请讲!"

常天龙先问陈丽,"如果你留下来,你会如何照顾我儿子!"

陈丽字斟句酌地说,"如果我有幸留下,我将像照顾自己爹娘一样照

顾他！"

这话虽说矫情但不为过，常董儿子都有四十岁了。常天龙一脸欣慰地点头，转向乡下妇女，意思是该你表态了。

乡下妇女脸红了一下，"我要是留下的话，一定像对待儿子一样对待他！"

这话又犯忌了，当常董儿子的妈，也不看看自己啥德性，秘书嘴都气歪了，站起来就要轰乡下妇女走。

常天龙却一把握住乡下妇女的手说："谢谢，有你这话我放心了，你留下！"完了对陈丽一摊手，"抱歉，不过我也谢谢你！"

陈丽很奇怪，问："常董我想问问您，我为什么不能留下？"

常天龙笑笑说："古人说得好啊，父母待儿万年长，儿对爹娘扁担长！姑娘，你还没小孩吧，如果有，你一定会领悟古人说的这句话！"完了对正在发呆的秘书说："送客！"

送你一个鸟笼子

李　蓬

　　城里禁狗那阵,一些人便将爱好转移到养鸟上来,同街的宠物店肖老板瞅紧商机,改弦易辙,不再卖狗,反而靠贩鸟发了大财。王老黑见了十分眼馋,便也花十万块钱学人家做起了鸟生意。但他一来没有多少经验,二来在做鸟生意时,宠物爱好者差不多都已经买好了鸟,所以他的生意一直没有打开。

　　王老黑眼看着这十万块钱就要打了水漂,十分着急。这天,他到城里最繁华的商业区一看,见许多店家都各显神通,不是打折,就是买一送一。不由灵机一动,决定借鉴这些经营方式。暗想自己若是打折,肯定会亏,不如就搞买一送一吧。王老黑说做就做,他托人制作了一批精美的鸟笼子,声明凡是到他店里买鸟的人都可以免费得到一个鸟笼子。

　　这样一来,倒也吸引住了一些人前来观看,但他们也只是看了一眼便走。王老黑忙拉住一个人问:"这位大哥,到别的店里买鸟还得买鸟笼子。我这里可不一样,你只要买鸟便会无偿得到一个鸟笼子。干吗不买一只?"

　　那人做了一个不屑的手势,说:"你这招现在也不流行了耶。你看有哪家卖鸟不送鸟笼子的?"

　　王老黑不信,便到肖老板的宠物店了解情况,果然他也随鸟赠送鸟笼子。肖老板这家宠物店因为是老牌子,倒还有一些老主顾前来光顾,可王老黑是初学做生意,他的生意自然惨淡。

　　王老黑长叹一声,暗想这门生意的确不好做。这时肖老板走了过来说:"王老板,你的鸟生意如何?"

　　王老黑摇头说:"不好做。早知如此就不该做。这回可亏大了,现在我都不知道该怎么处理这批鸟才好。"

肖老板也叹了口气说:"这门生意的确是不好做啊。我看不如这样吧。你将鸟全部打给我,我给你五万块钱如何?"

王老黑心里"格蹬"一跳,乖乖,我这不是净赔五万块钱吗?他知道不尽快将鸟处理掉肯定会亏得更大,可是这肖老板的心也未免太黑了吧?于是便与对方讨价还价,可对方就是不肯松口。王老黑无奈,只好怏怏地回到自己店里。

这时读大学的儿子放假回来了。他见父亲闷闷不乐,便问了原因。王老黑只好如实相告。儿子想了想说:"我看不如这样吧。你写一张广告,说是本店将免费赠送一千只鸟笼子。从即日起,凡是来店里参观的,都可以无偿得到一个鸟笼子。买不买鸟无所谓。"

王老黑说:"那我不是亏得更大了?"但他知道儿子学的是经商,必定有他的点子,最后还是同意了。

消息一传出去,王老黑的店里果然门庭若市,鸟笼子很快赠送一空。儿子便叫他再去定制一批,说是只要能挺过这个把月,生意肯定会好起来。王老黑只得依儿子的话,继续向大家赠送鸟笼子。时间一长,鸟笼子即便没送出一千,少说也有八百。

不知不觉过了一个多月。这天,果然有人到店里来问鸟价。王老黑简直受宠若惊,忙不迭地向对方介绍情况。那人果然买鸟而去。又过了不久,又有人前来买鸟,王老黑心知做生意不易,自然价格公道。他的鸟很快销售一空,虽说赚钱不多,但也比亏损要强得多。他便听儿子的建议,又去购了一批鸟,就这样,王老黑也慢慢走上了贩鸟之路,生意逐渐比同街的肖老板还要好。

王老黑的宠物店里还迎来了不少回头客。一来二往,他便向人打听为什么要来他店买鸟。那人说:"养宠物都是为了图个兴致。最初我并不打算养鸟,但听说你店里无偿赠送鸟笼,出于好奇,或者说是贪图便宜吧,便也来领了一个。可是我将鸟笼子拿回去挂在屋里,一些见了鸟笼的人总是要问:'你的鸟死了吗?要不要我给你介绍一家宠物店?'我便不得不向他解释。问的人多了,我也感到心烦。想扔掉鸟笼吧,可是又舍不得,最后干脆在你店里买了一只鸟回去。时间一久,我便真的爱上了养鸟。"

余生

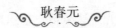
耿春元

那时候是凌晨一点。那时候他睡得正浓。那时候他只感到天旋地转般一阵飘忽之后就失去了知觉。他甚至连那訇然一声巨响都没听到，这就没给他带来一点儿恐惧。

他曾迷迷糊糊醒来一次。他醒来才感到事情有些不妙。他奶奶的，这老二果然来杀我！一急，又昏了过去。

第二次醒来时，是躺在外地一家医院里。

先是动了动下肢，下肢没有感觉。再动动手臂，倒是一只手臂还能动一下。然后想睁开眼睛。眼睛是睁开了，却被厚厚的纱布裹着，仅看到灰蒙蒙一层亮。这已耗尽他的力气了，就又迷糊了一阵。没过多久，渐渐有了疼痛，渐渐难以忍受，就呻吟起来。有人说，又活了一个！听出是外地口音。接着听到一些声音，全是外地口音。就有几只软软的手臂搬动身子的感觉。他弄不明白是在梦中，还是老二真把他弄成了这样子。

于是他就狠想狠想，终于记起这么一些事情。

父亲去世后老爷子的两千元积蓄老二悄悄掖了去不说，那五间大瓦房他还想独吞。他咽不下这口气，妻更咽不下。他跟妻在镇上供销社当售货员，住供销社宿舍。如果回家就没房子住了。两千元事小，五间大瓦房可是他跟妻辛辛苦苦攒钱盖下的。盖那房子是很艰辛的。所有积蓄都搭进去了不算，还借了钱，操心劳力就不用说了。那时老二还小。老二流着鼻涕上学呢，连块砖都没搬。他是回家跟老二理论这事的。老二说是爹说的。爹说你们有工作，这房子给我娶媳妇用的。当农民没房子没人跟。这道理不通，再说空口无凭。爹怎么没跟我说？他说着就跟老二拍了桌子。然后就打起来。人们劝不住就打到街上。老二吃了点亏，就回家摸菜刀，声言要杀哥

哥。早晚要杀你，你等着瞧！老二是这么说的。他知道老二性子暴，又不讲道理，就去找队长。队长是他二叔。队长二叔说老二不是东西，老二真不是东西！这个不是东西的老二我也管不了。这事硬要争就用法律解决。他知道用法律就是打官司。打官司就打官司。人争一口气，鸟争一口食！

他一遍一遍地想，就想起晚上是住在队长二叔家那间东厢房里。他打算第二天一早去公社派出所。那所长他认识。我就不信治不了你二小子……

他在东厢房里躺下后就光想这事情。越想越气越想越气翻来覆去睡不着。他想这样不好。明天还要打官司，这样睡不着很不好。他开始想一些别的事情。想想别的事情心就平静了。心平静了就容易睡着了……

现在他很后悔不该那样用劲去睡觉，他认定问题是出在睡去之后。

不过，很快他从周围人们的谈话里听出了是怎么一回事情。原来家乡发生了一场百年不遇的大地震，而且有半数以上生灵毁在了这场地震上。

他奶奶的，想想真是那么回事！大脑一下子就松弛下来。他不再思不再想，就这么静静地躺着。他恢复得很快。他自己觉着恢复得很快。你能活过来简直是个奇迹。医生这么说。这时他很自然地想起了妻子。心里不免有一些慌恐。病房里来来往往一些人，他认出了几个面熟的乡亲，可是他们都板着没有表情的面孔，即使打个招呼，仅仅是一招手，意思是你还活着，疏疏淡淡就过去。就不便询问。也不忍询问。他怕听到不幸的消息。

有一个家乡来探望伤号的老农，很能侃，侃那地震，侃他如何如何侥幸，见了大世面似的。侃久了，许多人都讨厌。他也感到这人讨厌。他盼着妻子突然出现在面前，哪怕老二也好。却久久不见，心里就猜出个七八分，不免又一阵慌恐。

后来一些伤号渐次地走了。后来他也走了。是拄着一条拐杖走的。这是三个月以后的事情了。

家乡的情况比想象的还要糟。村子里的房屋竖着的几乎没有了。到处都是搭起的窝棚，再就是一些清理地基的民工和解放军战士。他想找到原来的家，也就是座落过那五间大瓦房的地方。他就一拐一拐到处找。他知道这没多大意思。他只是想看一看他家祖祖辈辈生息过的地方。没想到找到它竟是这么容易。因为他看到了那棵歪脖子老枣树。这老枣树他再熟悉不过了。这是他爷爷的爷爷栽下的。它看着他家几代人生了又死死了又生。他数不清这老枣树给他孩提时带来过多少欢乐。他总是拣最红的枣子给老二吃。他自己吃青的。老二一口就咬出条虫子来。枣子还不熟的时候,那早红的必有虫。他知道,他骗弟弟。

为了这棵老枣树他盖那五间大瓦房时把房基往后挪了一米,才把它保留下来。而今它仍在这里。那五间大瓦房却很彻底地塌成了一堆碎瓦砾。他感到这很有意思。他凄楚地笑了一下。如果老二活着就好了。他想起了在这棵老枣树下跟老二抢拳头的情景。不过,已经很遥远了,似乎是前世发生的事情。

招牌

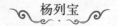

杨列宝

我非常喜欢厨师这个职业,已经经营这家"城河饭店"很多年了。

不是我老杨卖瓜自卖自夸,别看饭店的位置不好,招牌也换了好几次,但酒香不怕巷子深,因为我有一道很拿手的特色菜叫"老鳖靠河沿"。鸡是放养的笨鸡,现捉现杀;青菜是没有打过农药的,绝对的绿色食品;"老鳖"(其实是一种面饼),也是现做现卖。由于我经营有方,再加上这道菜在当地非常有名,因此,我的生意一直就很火。不但城里有车有房,而且生活得也很美满幸福,甚至有足够的钱供我的一双儿女上大学考研究生。

可我的儿子却长了一个和我一样的厨师脑袋。就像赵本山在小品上说范伟似的,让人一看,不是伙夫就是个掂大勺的。虽然他说自己也想上大学,但他的理想和智商却不成正比,光高中就复读了三年,最后还是不得不上了蓝天技校,毕业后当了我的帮厨。

饭店位于郊外护城河的桥头上,尽管招牌换了几次还是从前那种木牌匾似的竖在门前,但城里的吃客们谁都知道我这儿的那道"老鳖靠河沿"的特色菜是全城最好吃的。

当年饭店第一次开业的时候,我就是用这道最拿手的菜名做了一块很大的招牌,上面写着五个鲜红的大字:"老鳖靠河沿"。

但一连几天,来饭店吃饭的好多顾客对我说,他们很喜欢吃我做的这道菜,可不喜欢我的招牌。我问他们为什么,他们说,老鳖也叫王八,店名听起来很怪,也很搞笑,可细一琢磨,来这里吃饭却好像有种被戏弄的感觉。难道你就不能换成"桥头饭店"之类的名字吗?

顾客是上帝,我欣然同意。于是,把招牌改为:"桥头饭店"。

不久,又有不少顾客提出了反对。他们认为,来这里吃饭哪里都称心如意,就是感觉饭店的名字起得不好。他们说,"桥头"听起来就是"翘头",我们吃"老鳖靠河沿"时肯定得弯腰抬头,你这不是暗地里在骂我们嘛。

我一听,也感觉还真是这么一回事。为了顾客满意,改个招牌又有啥?不就是几块钱的油漆吗?于是,经过慎重考虑,我又把饭店的名字改为:"城河饭店"。

就这样,"城河饭店"的招牌一直用了十多年。

现在,已经拿到高级厨师证的儿子经过我的几年培养后,完全可以独当一面了,我很高兴。随着岁月的流逝,我渐渐变得苍老,掂起大勺来也已经有些力不从心了。

看着重建后装修得非常豪华的饭店就像一只金鸡,独立在桥头的河沿边,我很有成就感。快要装修完的一天,我问儿子说,我已经老了,假如我现在就把一切大权全都交给你的话,你要为饭店做的第一件事是什么?

儿子傻笑着,挠着他那肥头大耳的板寸头对我说,哦,老爸,其实您早就该退居二线当顾问了。实话告诉你吧,我是这样打算的,我们首先要换个非常响亮而又时髦的招牌。在商业化和大多数人追求精神刺激、喜欢另类的今天,越是怪诞的名字,就越好像是一个活广告。要想咱们家的饭店更红火,换个响当当的招牌这一点很重要。

换个招牌?我从前换过几次才好不容易把"城河饭店"这个老牌子保留到至今,现在可以说在方圆近百里几乎家喻户晓。你认为换了合适吗?是不是会影响以后的生意?我说。

请您放一百二十个心,绝对合适。不但不会受影响,反而更会名声大震,顾客盈门。儿子好像很自信地说。

那么,你想换个什么样的招牌呢?我好奇地问。

老爸,其实我早就已经想好了,根据咱们家饭店的地理位置和那道特色菜名,就叫"老鳖靠河沿"吧……

你到底要走哪条路

张爱国

初中毕业那年暑假，因为中考成绩不理想，我面临着复读和谋生的选择。父亲的意思是复读，我心里却暗暗羡慕起村里那几个年龄相仿的外出打工孩子——他们能花上自己挣的钱，能买自己喜欢的衣服，甚至有的都交上了女朋友。父亲知道我的心理，但没有说。

那段时间，父亲在五里外的一个工地上做瓦匠活，每天靠一辆除铃铛不响其他都响的破旧自行车早出晚归。

那天早晨，我从同学家回来，路过父亲的工地，父亲说："我的活正忙，你帮我拎拎灰桶吧。"看着父亲满身的疲惫，我不好拒绝。

这一天，父亲在我的帮助下，早早地结束了他的活。回来时，父亲的一位工友因为不回家，将自行车借给我。我和父亲一人骑一辆车，赶往回家的路。

这条路是早年用石头和沙子铺的，沙子已被雨水冲刷掉，只剩下菱角尖一样的石头，突兀着，自行车根本无法骑过。倒是路的两侧，因为行人走过的缘故，相比中间，要平整而光滑许多。为了说话的方便，父亲走左侧的路，我走右侧的路——那时乡间很少有机动车，人们基本上是不分左行右行的。

金黄的阳光铺在路面上，很美，可我却渐渐觉得吃力了，而父亲呢，依旧那样的轻松。我纳闷：骑车这方面，我不应该输给父亲的。这样想着，低头一看自己车前的路，虽然的确比中间的路面好得多，但还是凹凸不平。我又转眼看向父亲那边，才发现父亲那边的路要平整得多了，在阳光的照耀下，还发着闪闪的金光——原来是这样！我心里暗暗嘲笑起父亲的自私。

我说："爸，你那边的路怎么比我这边平呢？"

"是吗?"父亲说着就看看我这边的路,又看看自己那边的路,想说什么却没有说。见我诡秘地笑着他,父亲仿佛意识到我已经发现了他内心的"小",说:"那我们换一边吧。"

于是我们互换了路。

可是我依然很吃力,甚至觉得比刚才更吃力。于是再看看脚下的路——根本不是我刚才看到的那样平整,更没有闪闪金光,而是凹凸不平。我又看向父亲那边,真是奇怪了,我刚才走在上面时是那样的不平,现在却一下子又变得平整起来了,而且也闪起了金光!

难道是父亲真的太自私? ——他明知这段路的左侧不如右侧了,才故意与我调换的?

我已经气喘吁吁了——此时,我根本没有意识到是这一天的劳动给我带来的疲乏,而是依然一味地在路上找原因。我又下了车,推车到父亲那边。父亲微笑着说:"莫非我这边的路又变好了?"我不好意思地笑笑,点点头。

我和父亲又换回了位置。

走了不多远,父亲说:"你再看看,是不是我这边的路又比你的路好了?"

我没有看,因为我一走上右侧的路就发现它突然又不如左侧的路了。我的脸红了。

父亲说:"很多人都有一个特点:总觉得别人的比自己的好。我骑车刚走这条路的时候,不论走哪侧,都觉得不如另一侧。我是在多次换来换去后才发现,其实两侧的路都一样。之所以老觉得自己这一侧不好,是因为距离近,看得真切,自然就凹凸不平了;而看别人的路呢,因为距离相对远了些,一些坑坑洼洼就看不到,因此看到的自然都是平的。"父亲认真地对我说,"你到底要走哪条路? 得靠自己,而不能被别人的路所迷惑!"

我坚定地点了点头。

白菜的尊严

蓝　月

　　天蒙蒙亮的时候，小霞和父亲拉着白菜到了城里。

　　时间刚好，小霞舒了口气。跳下车四周一看，心又揪紧了。

　　只见蔬菜交易市场外围停满了一辆辆卡车，车厢里全是白刷刷的大白菜。

　　怎么都运这边了？

　　小霞拉拉父亲的衣角努努嘴，父亲显然也看见了，巴巴地望着小霞。

　　父亲本来就是个没有大主见的人，这种大白菜还是小霞的主意。

　　去年小霞去了表姐的城里打工，看着城里的花花绿绿，眼睛都直了。这城里人过的日子才叫日子啊。小霞看看自己寒酸的打扮，想想一个月累死累活才挣几百元工资，怎么也睡不着了。小霞想打工只能混个不饿肚子，想挣钱必须干大事。开厂当然不行了，需要大量的资金。什么既不需要花钱又能挣钱呢？

　　一次，小霞路过一家麻辣烫小店，看见店主正把成捆的大白菜往店里搬。这个无意中的发现让小霞多了个心眼，不久小霞就发现不管是大小饭馆还是街边火锅麻辣烫都需要大量的大白菜。小霞的脑子里灵光一闪，老家有的是土地，大多数人都外出打工了，地都空着。

　　小霞像捡到宝似的，辞工回家了。

　　和父亲商量后就立马行动了，村里人的地荒着也是荒着，很爽快就租给小霞了。

　　眼看大白菜长成，小霞心里充满了希望。可眼前这情形无疑是兜头浇了一瓢冷水。

　　"你这白菜什么价？"一个胖嘟嘟的男人走了过来，还没等小霞开口又说，"两毛钱三斤卖不？要是卖就过称。"

"你这不是趁火打劫吗？你以为我这白菜是天上掉下来的？"小霞气得狠狠瞪了那人一眼。

"你也不看看局势，这白菜就是贱，贱卖还有个贱价，不卖你等着烂掉吧！"男人抽动着两片肥肥的唇一脸不屑。

"烂掉我也不卖给你！"

"不卖拉倒！到时候别求我买你的，哼！"那人鼻子里冷哼一声晃着肥胖的身子走开了。

"闺女，要不咱们就便宜点卖了吧，总比拉回去好啊。"

父亲愁眉苦脸地看着大白菜。

"爹，这都是咱们辛辛苦苦种出来的，就算白送也不能便宜了那些奸商。对，就白送！"

小霞说到做到，真的写了个牌子：新鲜大白菜免费赠送，每人限领两颗。

竟然有白送的好事？人们都闻讯赶来，没多会连电视台也惊动了。

记者伸着话筒问，"辛辛苦苦种出来的白菜都白送，你难道不心疼吗？"

"当然有点心疼。"小霞撸了下披在额头的乱发说，"这些都是我和体弱的父亲起早摸黑侍弄大的，可以说这些白菜是我们的希望。但是商贩们看见白菜货源多就拼命压价，这是对我们劳动的不尊重。人可以穷不能没有尊严，同样我的每一颗大白菜都是有尊严的。所以我决定，与其给奸商压价赚取暴利还不如送给真正需要的人。"

小霞的话赢来了一片热烈的掌声。

一位满头白发的老奶奶说，"姑娘，我不能昧着良心白拿你的大白菜。市场价多少就给多少。你别和我推辞，就冲你这骨气，这白菜买得值了。"

"是啊是啊。我们都买。"

大白菜很快就被抢售一空。

"真的想不到啊白送还挣钱了。"

望着空荡荡的车厢，父亲愁眉舒展了。

小霞笑着说："爹，在任何时候都要坚持自己的底线，尊重自己别人就会尊重咱们。"

父亲脸色凝重起来，佝偻的腰突然挺了挺，小霞笑得更灿烂了。

别盯着我

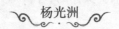

杨光洲

　　心理医生应邀到监狱为新入狱的犯人做心理辅导。

　　管教干部先讲了一通开场白,说心理医生学术造诣如何高深,社会活动怎样繁忙,来监狱辅导是百忙之中抽出时间,然后命令犯人们鼓掌。

　　犯人们顺从地鼓掌。

　　掌声一落,心理医生开始了辅导。他说,犯人其实也是病人,是因为心理有疾病才犯罪的。既然进了监狱,就安心在这里治疗心理疾病,彻底消除心理阴影,让阳光照进自己的心灵,光明磊落地重新做人……

　　心理医生结束了辅导,管教干部带领犯人向他鼓掌致谢。管教干部说,谁还有什么问题,可以留下来单独与心理医生沟通。

　　犯人们一轰而散走出会场。唯有一个犯人坐在位子上没动。他低着头,并不看讲台上的心理医生和管教干部,只是坐着不动。

　　"你有什么问题要问吗?"管教干部问。

　　"嗯。我有个问题,能不能单独请教一下心理医生?"犯人仍低垂着头坐着,小声地回答,眼睛并不看心理医生和管教干部。

　　管教干部用目光征询心理医生的意见。心理医生点了点头。管教干部说了声"好吧"就退了出去。

　　心理医生走下讲台坐到犯人面前,"说吧,你有什么问题?"

　　"我有个毛病,不知道算不算是心理疾病?"犯人低着头,嗫嚅着,并不抬眼看心理医生。

　　"什么毛病? 讲出来听听。"

　　"我总觉得……总觉得有人在盯着我看……"

　　"你从什么时候有这个感觉的?"

"从上小学时就有。老师在台上讲课,我总觉得她全班别的同学统统不看,总在盯着我一个人。"

"那么,长大以后呢?"

"参加工作后,我总觉得领导在讲话不点名批评人的时候眼睛盯着我……"

"还有什么症状?"

"还有……比方说,我岳父常说做人要老实。我觉得他一这么说就盯着我,目光怪怪的,像钉子一样,让我很不自在……"

"总觉得别人盯着你看,给你造成什么危害了吗?"

"这样让我变得很紧张、害怕、胆小……"

"哦。紧张、害怕、胆小给你惹出什么麻烦了吗?"

"我上课一做小动作,老师就会发现。我工作一违规,领导就会知道。还有,我没结婚就先和女朋友'那个'了,我觉得未来的岳父肯定已察觉了……"

"你把原因和结果讲颠倒了。"

"怎么会颠倒呢?我自己的事情自己还不清楚?"

"你不清楚!是你上课想做小动作才觉得老师在盯着你。是你工作中想违规才觉得领导在盯着你。是你和女朋友未结婚先做爱才觉得岳父盯着你。这就是作贼心虚。你觉着别人盯着你的时候,其实你自己已先往歪处想了。"

"是吗?"

"是的。"

"您说的太对了!水平真高!名副其实!我真的很佩服您!太感谢您了!"犯人忽然兴奋起来,说个不停,却还是不抬头看心理医生一眼。

"你现在怎么还不抬起头来呢?"心理医生不紧不慢地问。

"哦。没什么,我习惯于低着头。"犯人略显紧张,但还是抬了一下头,可刚和心理医生一对视,又急忙低下了头。

"从心理学上讲,有些人撒谎时才不敢看对方的眼睛……"

"我没撒谎。只是遇到您这样有学问的人想向您请教。听口音,您是子虚县人吧?我也是子虚人。管教干部好像也是子虚人哩。"

"嗯。我是子虚人。"

"哈哈!原来咱们三个人是老乡呀!像您这样有学问的人真是咱们子

虚县的骄傲！管教干部看上去也挺优秀的……我们新入狱的犯人马上要分到监区劳动服刑了。您能看在老乡的面子上让管教干部给我分个不是太累的活儿吗？"犯人越说声音越小，头好像低得更深了。

"你抬起头看看那是什么？"心理医生的手指向了窗外。

犯人抬起头顺着心理医生的手望去，那是大墙上的电网。

"电网？"犯人惊惧地低下了头。

"那张电网对不想逾越它的人形同虚设。对想逾越它的人才是死亡线。你要求单独与我沟通前是否已听出我与管教干部和你是同乡？你若不想利用这层关系，又为什么说话时不敢抬头看我呢？"

"刚才的话算我没说，求您别盯着我好不好……"

鱼与佛

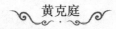

黄克庭

  士俗先生到弘尘潭钓鱼。不到五分钟便钓上来一尾大鲤鱼。

  水下的鱼群忽地发现少去了一尾鲤鱼,便不安起来。许多鱼儿都清楚地记得,鲤鱼失踪前是往水上面去的。鲤鱼会去哪儿呢？鱼儿们议论纷纷。

  忽有一曾跃出水面见多识广的青鱼说,鲤鱼说不定是成仙了,它可能早已升到天堂里去了！

  经它这么一说,许多鱼儿便想起鲤鱼的许多奇特的东西来。有的说,鲤鱼的廿七代祖宗曾跳过龙门,所以其祖上根基很深,成仙是必然的事;有的说,鲤鱼的名字取得好,"里"字里面不是藏着一个"王"字吗？它不升天,也必定要称王的;有的说,鲤鱼的相貌也与众不同,不但嘴上有两根胡须,而且连尾巴都是彩霞色的！

  鲫鱼不声不响地认真回忆鲤鱼失踪前的每一个细节,它终于发现,鲤鱼是吃下一个"钩形"的"仙丹"后立地成佛升天的。当它发现士俗又将诱饵放下水时,它就不声不响地悄悄游过去,一口将"仙丹"咬住。

  士俗发现鱼儿又咬钩了,连忙将鱼线扯起。由于士俗用力太过,鲫鱼被拉出水面后,嘴唇被扯破而逃生了。鲫鱼跑回水里后,惊恐地警告同类:以后见到"钩形"的东西千万别贪嘴。

  谁知,鲢鱼说:"像你这样尖嘴猴腮的,尾巴上也没一点血色,也想成仙成佛？"

  鳗鱼说:"生就一副贱骨,即使吃上再多的仙丹也是没用的！"

  鲢鱼扯了扯鲫鱼的破嘴唇后说:"有运气还不够,狗头不载肉,有缘无福,只能怪你自己命薄了！"

  鲫鱼回到家,对子女说,以后见到"钩形"的东西千万别贪嘴——那东西

进口后就会钻心地疼痛！

鲫鱼的儿子说，不吃苦中苦，怎成人上人？基督耶稣不是被钉在十字架上的吗？你呀，有机遇抓不住，原因就是怕痛、怕苦、怕付出！古人不是说，天将降大任于斯人也，必先苦其心志、劳其筋骨、饿其体肤么？

士俗又一次将诱饵放入水中时，鲢鱼、鳗鱼都不敢轻易去吃，因为它俩取笑过鲫鱼是"贱骨头"、是"有缘无福"的"小人"，它俩生怕自己平时积德不够难以成佛成仙而遭人耻笑。

这时，鲈鱼看到"仙丹"降临，便不顾一切地冲上去抢食，但结果它还是迟了一步——原来，上次脱钩的鲫鱼抢先吞下"仙丹"而升天了。

对于鲫鱼的"非常举动"，鱼儿们当然又有很多话题了。此时鲢鱼、鳗鱼又有些后悔起来，一是怕成佛成仙的鲫鱼报复；二是怨恨自己患得患失，以致坐失良机，发誓以后再见到"仙丹"就要像孙悟空那样，决不口下留情了！

士俗见钓上来一尾破嘴的鲫鱼，便禁不住嘲讽鱼儿笨蛋！

会意老人说，世上只要有天堂存在，就会有钓不完的鱼儿。信乎？

将梦想播进脚下的泥土

秋子红

奶奶在世时一直梦想去新疆。

新疆有我少小离家出门闯荡天下的三叔,三叔是儿女中奶奶最心疼最挂念的"奶干儿子"。新疆有苍茫的天山、浩瀚的沙漠和沙漠深处的戈壁、绿洲;新疆有咬一口能将人肚子里的馋虫勾出来的香甜的哈密瓜、甜津津的葡萄干、又酸又甜的杏干;新疆还有能歌善舞的维吾尔族人,他们将男孩叫"巴郎",将集市叫"巴扎"——所有这一切,对于一辈子从没出过远门,一直生活在乡下农村的奶奶来说,永远是一种摆脱不掉的诱惑,一种时时紧贴在胸口的梦想和憧憬。

终于有一年,三叔回内地探亲。几经撺掇,奶奶终于答应跟三叔去新疆。眼看行期一天天将近,奶奶甭提有多高兴,出门见着左邻右舍的街坊邻居,奶奶总忘不了说一句,我要去新疆了。

可真到三叔走的那一天,奶奶却打起了退堂鼓——要是我坐火车晕车咋办? 真到了新疆没人陪我拉家常一个人寂寞了咋办? 万一这一去有个三长两短将来回不了老家咋办? 就这样想着想着,奶奶将包袱里细心收拾好的衣物一件件放回衣柜,一双手死死抓住门环,任别人怎样劝说就是不松手。

奶奶有个表妹也就是我的姨奶奶也有个儿子在新疆。与奶奶不同的是,姨奶奶的儿子有年回内地探亲,儿子有天开玩笑似的对姨奶奶说:"妈,跟我去新疆逛逛吧?"姨奶奶二话没说,真的跟儿子去了新疆。大半年后,姨奶奶从新疆回来了。见着奶奶,姨奶奶眉开眼笑说:"老姐姐,这回我可开了眼界啦!"

那一刻,奶奶的眼里滚出了泪花,甭提有多后悔!

奶奶临去世，还是喃喃跟人说，这辈子她多想去一回新疆啊！

如今，奶奶已去世多年，但我还会想起一生都没实现自己梦想的奶奶。

生活中我碰到过许多有才华的人，那种才华，像水之光月之华孔雀美丽的羽毛，好像他们的生命一样，纯属与生俱来。我的一位高中同学喜欢画画，课余时，寥寥几笔勾勒出的人物漫画，既夸张又传神，酷似台湾漫画家几米的漫画。有一天，我们本地有家广告公司招聘平面设计人员，我看了，将这一消息告诉了他，同学显得兴奋极了，这一直是他梦想着的事啊！可真到去那家公司面试那天，同学就像我乡下的奶奶一样，一下打起了退堂鼓——我没大学文凭怎么行呢。那么多的大学生，我能行吗？最终，同学像往常一样去上班，做他并不甘心做的机器修理工去了。

后来，有天因业务去那家广告公司，一打问，他们招聘的平面设计人员，就像我的那位高中同学一样，根本就没有任何文凭，只是因为从小就喜欢画画，一直想做他喜欢的职业罢了。

我想起，大学毕业时，我的一位老师在我的毕业纪念册上所写的一句话——"不要将梦想永远紧攥在手心里，有梦想，就将它播进脚下的泥土中！"

是啊，手心里的梦想，你就是一生将它攥得再紧，它也仅仅是梦想。你只有将它播进行动的泥土中，它才会发出好梦成真的芽，开出绚丽多彩的花，结出人生成功的果！